그래서... 이런 말이
생겼습니다

그래서... 이런 말이
생겼습니다

금정연
에세이

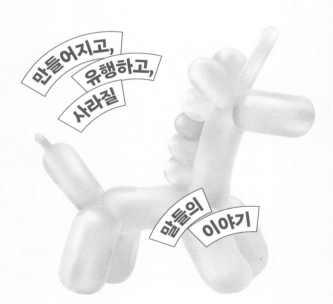

만들어지고,
유행하고,
사라질

말들의
이야기

북트리거

'미래 사어 사전'이 뭐지?

지금보다 어리고 민감하던 시절 어느 선생님이 내게 충고를 몇 마디 했는데 그 말이 아직도 기억난다. "글을 쓸 때는 두 가지를 기억해라. 유행어나 신조어를 쓰지 말고, 인용은 최대한 자제하고."

오해를 피하기 위해 말해 두자면 이 책은 유행어와 신조어에 대한 책이다. 그리고 나는 방금 『위대한 개츠비』의 첫문장을 조금 바꿔서 인용했다….

많은 작가가 자신의 책에 유행어나 신조어 쓰기를 꺼린다. 시간이 조금만 지나도 유치해 보이기 쉽다는 이유다. 거기에는 '올바른' 언어가 따로 있고 그것은 고정불변하다는 착각, 혹은 '문학적인' 글쓰기는 '영원한 것'(그것이 언어건 가치건 우주 만물의 속성이건)을 다뤄야 한다는 편견이 있는 것 같다. 물론 그건 사실이 아니고, 그런 말을 쓰지 않는다고 시간의 무자비한 풍화작용에서 자유로울 수 있는 것도 아니다.

솔직히 말해 대부분의 책은 그만큼의 시간을 견디지 못한다. 유행어나 신조어 때문에 유치해 보이는 책이라면 그걸 빼더라도 유치하게 보일 거라는 말이다. 그러니 걱정할 필요는 없다. 만약 적지 않은 시간이 흐른 후에도 누군가에게 펼쳐질 만큼 충분히 운이 좋은 책이라면, 그때 그것은 유치함의 증거가 아니라 지나간 시대의 단면을 보여 주는 자료로 기능할 가능성이 더 높다. 따라서 그런 말들은 기피해야 할 무엇이라기보다는, 다루긴 조금 까다롭지만 잘 쓰면 색다른 풍미를 주는 재료 정도로 생각하는 게 더 낫다.

물론 유행어나 신조어를 쓰는 것과 유행어나 신조어에 대해 쓰는 건 완전히 다른 일이다. 그리고 이 책은 작가들을 위한 책도 아니다. 일상생활에서 그런 말들을 즐겨 쓰는 사람들, 즐겨 쓰지 않는 사람들, 아무 관심 없는 사람들과 심지어 싫어하는 사람들을 위한 책이다. 약간 과장하자면, 한국어를 사용하는 모든 사람을 위한 책이다. 적어도 나는 그렇게 생각하며 이 책을 썼다.

언젠가 존 케이지John Cage는 "언어는 우리의 사고를 통제하며, 만일 우리가 우리의 언어를 바꾼다면, 생각도 바꿀 수 있다"고 말했다. 정말 그렇다고 맞장구라도 치고 싶지만, 아쉽게도 그건 사실이 아니다. 언어가 사고를 통제한다는 언어결정론은 사피어-워프 가설이라고 불리며 케이지를 비롯한 많은 사람들을 매혹해 왔다. 수많은 언어학자들이 반박하는 의견을 내놓으며 지금은 흘러간 이론이 되어 버렸지만. 그럼에도 우리는 여전히 이누이트에게는 눈(snow)을 가리키는 말이 400개나 있어 각각의 눈들을 구분할 수 있다거나, 호피족 인디언의 말에는 '사흘'이나 '5년'처럼 시간을 마디로 나누는 말이 없어 시간을 서양인들처럼 생각하지 않는다는 이야기를 접하고 또 그것에 사로잡히기도 한다.

하지만 말에는 분명 힘이 있다. 언어가 우리의 사고를 결정하지는 않더라도, 최소한 우리로 하여금 특정한 방향으로 기울어지게 만들 수 있다고 주장하는 학자들도 있다. 언어학자 리라 보로딧츠키 Lera Boroditsky는 일련의 실험을 통해 순전히 임의적인 문법상의 성(性)이 사람들의 사고에 영향을 미칠 수 있다는 사실을 밝힌다. '열쇠(der Schlüssel)'가 남성명사인 독일 사람들에게 열쇠를 묘사해 보라고 하자 '단단하다, 무겁다, 금속이다, 유용하다' 같은 단어들을 많이 선택한 반면, '열쇠(la llave)'가 여성명사인 스페인 사람들은 '금빛이다, 조그맣다, 사랑스럽다, 복잡하다' 따위의 말을 더 많이 사용했다는 식이다.[1]

굳이 이런 실험을 들먹이지 않더라도 우리 대부분은 언어가 우리에게 미치는 영향을 경험적으로 알고 있다. 이 책에 나오는 단어들만 봐도 그렇다. 많은 사람들이 '가성비'가 유행하기 시작한 후로 전보다 더 꼼꼼하게 '가격 대 성능비'를 따지고, '손절'이라는 단어가 널리 쓰이게 된 후로 누군가와의 '손절'(절교와는 다르다)을 진지하게 고민하게 되었을 것이다. 개인적으로 그 말을 좋아하는지 아닌지와는 전혀 상관없이, '틀딱'이라는 말을 알게 된 후 기성세대가 잔소리를 할 때 자신도 모르게 어딘가 깊은 곳에서 그 단어가 꿈틀거리는 것을 느껴 보지 않은 사람이 있을까?

　나도 마찬가지다. 만약 '시발비용'이라는 말이 없었다면, 그래서 내가 원고를 쓰지 못해 괴로워하며 필요 없는 물건들을 사들이는 일을 정당화해 주지 않았다면, 아마 나는 어떤 글도 쓰지 못했을 것이다. 무엇보다 나는 '맘충'이나 '노키즈존'이라는 단어가 들불처럼 번진 이후의 우리 사회는 그 전과 결코 같을 수 없다고 생각한다. 우리 사회에 여성이나 아동을 향한 혐오가 그 전에는 없었다고 말하는 게 아니다. 하지만 그것을 특정한 단어들을 통해 공공연하게 드러내는 건 또 다른 문제라는 의미다.

　이 책은 2020년 1월부터 2021년 12월까지 독서평설에 '말 많은 세상 이야기'라는 제목으로 연재했던 원고들을 묶은 것이다. 처음 편집부에서 '신조어나 유행어 같은 언어의 변화를 통해 바라본 사회적 단상'이라는 연재 주제를 제안했을 때 망설였던 기억이 난다. 눈치 없이 상황에 맞지 않는 유행어를 써서 분위기를 망치는 직장 상사처럼 보일까 봐 조금 두렵기도 했지만, 가장 큰 이유는 평소에 내가 쓰던 글들과 성격이 조금 달랐기 때문이다. 꼭 그것 때문이라고는 할 수 없지만, 매달의 마감은 결코 쉽지 않았다. 이 자리를 빌려 매번 늦는 원고를 기다려 준 독서평설 편집부 여러분께 감사드린다. 물론 그전에 연재를 제안해 준 것에 대한 감사부터 드려야겠지만. 덕분에 우리가 쓰는 말들에 대해 새삼 곰곰이 생각할 수 있었고, 우리가 사는 사회를 바라보는 눈도 조금은 바뀔 수 있었다.

유행어와 신조어를 다룬 책을 준비하고 있다고 말하면, 사람들은 책을 되도록 빨리 내야겠다고 반응하곤 했다. 단어들의 유통기한이 지나기 전에 책을 내야 하지 않겠냐는 뜻이었다. 나는 그렇게 생각하지 않는다. 일단 연재할 당시부터 이미 최신 유행어 같은건 아니었고… 이 단어들은 우리가 만든 것이지만 어느 정도는 우리를 만든 것이기도 하다. 유행이 지나 아무도 쓰지 않는다고 해도그런 사실은 달라지지 않는다. 그 단어들을 탄생하게 한 사람들의마음과, 그 단어들이 사람들의 마음에 남긴 흔적 같은 것. 그러니까 여기에 실린 글들은 최근 몇 년 동안 널리 사용되었던 말들에대한 이야기이지만, 동시에 그 말들을 썼던 우리와 우리가 살았던사회에 대한 이야기이기도 하다. 아니, 무엇보다 우선 그것에 대한이야기일 것이다.

이쯤에서 이 책의 제목이 '미래 사어 사전'이 될 수도 있었다는사실을 밝혀야겠다. 제목을 어떻게 지을까 고심하며 친구들에게조언을 구하던 중에 일본에 있는 안은별이 제안해 준 제목이다. 나는 반색하며 북트리거 편집부 담당자에게 메일을 보냈다. 결과적으로 그것은 통과되지 않았지만, 그래서 지금까지 내가 쓴 모든 책의 제목을 편집부에서 지어 준 아름다운 전통을 이어 나갈 수 있게되었지만, 세 단어의 조합이 만들어 내는 독특한 울림은 여전히 내

안에 남아 있다.

어떤 단어가 새로 생겨난다는 건 언젠가 사라질 거라는 뜻이다. 어떤 단어가 유행한다는 것 역시 언젠가 유행이 끝나고 사라질 거라는 뜻이고. 따라서 모든 신조어와 유행어는 언젠가 사어가 될 운명과 함께 태어난 셈이다. 우리 모두 그런 것처럼.

우리가 언젠가 죽는다는 사실이 우리의 삶을 무의미하게 만들지는 않는다. 오히려 그 반대다. 마찬가지로 언젠가 유행이 끝난다거나 사라질 거라는 사실이 어떤 단어를, 그리고 그 단어에 대해 생각하는 일을 무의미하게 만들지는 않을 것이라고 나는 생각한다. 모쪼록 그런 생각으로 이 책을 함께 읽어 주면 좋겠다.

원고가 막힐 때면 언제나 크고 작은 도움을 주는 친구들에게 감사를 전한다. 부족한 원고를 멋진 책으로 만들어 준 북트리거 편집부와 연재를 제안해 주고 2년 동안 함께해 준 독서평설 편집부에도 다시 한번 감사드린다. 마지막으로, 크고 작은 마감에 시도 때도 없이 시달리는 아빠와 남편을 참아 준 나윤이와 지은이에게 커다란 사랑을 보낸다. 하트하트하트.

2022년 봄
금정연

1장

자본주의 시대, 아픔을 주는

존버

지푸라기라도 잡는 심정으로

처음엔 '존버'가 사람 이름인 줄 알았다. '토머스 맬서스, 데이비드 리카도와 동시대에 활동했던 영국의 경제학자 존 버John Burr는 개인투자자들에게 남긴 장기적인 안목으로 가치에 투자하라는 조언으로 유명하며 특히 애덤 스미스의 영향을 받은 그의 경제이론은…' 대충 이런 느낌으로. 그래서 '존버는 승리한다'라는 말이 '퍼거슨 1승 추가'와 비슷한 뜻이겠거니 생각했다. 누군가 SNS에 남긴 글 때문에 구설에 오를 때마다 "트위터는 인생의 낭비"라는 알렉스 퍼거슨Alex Ferguson의 말이 회자되는 것처럼, 투자에 대한 존 버의 명언(그게 뭔지는 모르겠지만)이 들어맞을 때 넣는 추임새 같은 거라고 멋대로 추측했던 것이다. 물론 아니었다. 존 버라는 경제학자는 존재하지 않았고, '존버'는 그냥 '존나 버티기'를 줄인 말이었다. '버카충'이 무슨 벌레를 가리키는 게 아니라 '버스카드 충전'을 줄인 말인 것처럼….

존버는 언제부터 쓰였을까?

구글링을 통해 존버의 역사가 의외로 길다는 사실을 확인할 수 있었다. 승려, 베스트셀러 작가, 방송인, 유튜버로 활발하게 활동하는 혜민의 책 『멈추면, 비로소 보이는 것들』(2012, 수오서재)에는 다음과 같은 구절이 나온다.

> 이외수 선생님께 힘들게 살아가고 있는 젊은이들에게 해 주고 싶은 말이 있으신지 여쭈니 이렇게 대답하셨습니다.
> "존버 정신을 잃지 않으면 됩니다."
> "아, 존버 정신… 그런데 선생님, 대체 존버 정신이 뭐예요?"
> "스님, 존버 정신은 존나게 버티는 정신입니다."[1]

출간 7개월 만에 밀리언셀러가 되며 인문·교양 분야에서 최단 기간 100만 부 돌파라는 대기록을 세운 기념비적인 책에 실린 널리 사랑받는 스님과 소설가의 대화라기보다는, 어쩐지 에우제네 이오네스코Eugène Ionesco나 사뮈엘 베케트Samuel Beckett의 부조리극에 나올 법한 대사처럼 들리는 건 단지 기분 탓일까? 아무튼 여기서 존버라는 단어가 최소한 2012년 무렵에는 이미 쓰이고 있었다는 사실을 알 수 있다. 이외수가 혜민의 질문에서 영감을 받아 즉흥적으로 만들어 낸 게 아니라면 말이다.

좀 더 검색해 보니 존버가 2010년 이전부터 널리 쓰였으며, 원래는 '존나 버로우'의 줄임말이었다는 설도 찾을 수 있었다. '버로우'는 1998년 출시된 고전 게임 〈스타크래프트(StarCraft)〉에 등장하는 세 종족 가운데 하나인 '저그'의 지상 유닛이 땅을 파고 숨는 기술이다. 그러고 보면 어린 시절 친구들과 이야기하며 종종 '버로우 탄다'는 표현을 썼던 기억이 난다. 땅속에 숨어서 적당한 때가 오기를 기다린다는 뜻이니 결국 '존 + 버(티기)'나 '존 + 버(로우)'나 가리키는 것은 크게 다르지 않다. 〈스타크래프트〉를 즐기는 사람들 사이에서나 쓰이던 말이 널리 유행하면서, '버로우'라는 전문용어가 '버티기'라는 일반적인 단어로 교체되었던 걸까? 그렇게 치면 존버라는 단어 자체도 제법 긴 세월을 존버한 셈이다. 존버는 승리한다는 사실을 존버 스스로 증명한 것이다.

존버는 승리한다!

존버를 풀어 쓰면 '참고 버티면 좋은 날 온다, 포기하지 마라, 오래 버티는 사람이 이긴다' 정도가 될 것이다. 특별한 말은 아니다. 비슷한 의미의 사자성어나 속담도 많다. 당장 생각나는 말만 해도 고진감래(苦盡甘來), 인내는 쓰지만 그 열매는 달다, 고통이 없으면 얻는 것도 없다, 고생 끝에 낙이 온다, 쥐구멍에도 볕 들 날 있다, 끝이 좋으면 다 좋다 등등…. 이쯤에서 두 가지 질문을 던져 볼 수 있다. 하나, 같은 뜻을 가진 다른 말도 많은데 왜 하필 존버인가? 둘, 참고 견디자는 뜻을 가진 단어가 왜 하필 지금 유행하는가?

첫 번째 답은 비교적 간단하다. 새롭기 때문이다. '인내는 쓰지만 그 열매는 달다'나 '고통이 없으면 얻는 것도 없다' 등에서 풍기는 월요일 아침의 교장 선생님 훈시 같은 냄새가 존버에는 없다. 입에 잘 붙고 꼰대 느낌은 덜 묻고, 장난스러운 동시에 자극적이고. 러시아형식주의식으로 말하면 이게 바로 '낯설게하기'라고 할 만하다. 언어를 특수하게 조합해 사용함으로써 우리가 습관적으로 쓰는 일상언어에 낯설고 신선한 충격을 주는 것. 같은 음식이라도 담는 그릇이 달라지면 맛도 조금쯤 다르게 느껴지는 법이다.

이때 중요한 것은 특수하게 '조합'하고 '사용'한다는 부분이다. 우리는 존버 이전에 오랫동안 '존-'으로 시작하는 수많은 신조어를 사용해 왔다. '존맛', '존똑', '존잘' 등등. 새로운 건 '존나'도 아니고 '버티기'도 아니다. 그 둘의 예상하지 못한 조합이다. 통념과 달리 새롭고 낯선 것은 무(無)에서 유(有)를 창조하듯 하늘에서 뚝 떨어지지 않는다. 이를 두고 프랑스의 초현실주의 시인 로트레아몽 Comte de Lautréamont은 『말도로르의 노래』(1868)에서 이렇게 노래했다. "해부대 위에서의 재봉틀과 우산의 우연한 만남처럼 아름답다!"

두 번째 질문에 답하기 전에 먼저 존버라는 단어가 유행하게 된 상황을 살펴볼 필요가 있다. 존버가 널리 쓰이기 시작한 2017년은 비트코인으로 대표되는 암호화폐가 대중적으로 회자되기 시작한 해이기도 하다. 솔직히 말하면, 아직도 암호화폐가 뭔지 정확히 모르겠다(문과라서 죄송합니다…). 내가 아는 건 암호화폐가 블록체인이라는 새로운 기술과 함께 등장했다는 것, 한동안 존버라는 단어가 그랬던 것처럼 아는 사람만 아는 전문적인 영역에 머물러 있었다는 것, 그러다 어느 순간 미래를 바꿀 혁명적인 신기술처럼 소개되기 시작했고, 곧바로 엄청난 수익률을 노릴 수 있는 투자 대상으로 떠올랐다는 것 정도다.

거의 모든 사람들이 비트코인을 사지 않은 과거의 자신을 책망했다. 어떤 사람들은 아직 늦지 않았다는 생각으로 암호화폐 시장에 뛰어들기도 했다. 그 사람들이 얼마나 많은 돈을 벌었는지는 모르겠다. 내 생각에, 장난삼아 사 둔 코인이 수천 수만 배가 되었다는 도시 전설마냥 암호화폐를 통해 벼락부자가 되는 일은 이제 없을 것이다. 반대로 어떤 사람들이 호언장담하던 것처럼 암호화폐 자체가 망하지도 않을 것이다. 적어도 한동안은.

그렇다면 결국 암호화폐나 주식이나 그게 그거 아닐까? 기술적인 파급력이나 사회적인 의미는 옆으로 치워 두고 투자라는 측면에서만 본다면 말이다. 극소수는 큰돈을 벌고, 소수는 적당히 벌고, 대부분의 이들이 소소하게 벌거나 잃기를 반복하는 동안, 또 다른 소수는 적지 않은 돈을 잃고, 운 나쁜 극소수는 전 재산을 날리고 빚까지 진다. 문제는 주식과 달리 암호화폐가 모두에게 낯선 시장이었다는 점이다. 아무도 경험이 없었고, 언제 손절해야 하는지 얼마나 참고 견뎌야 하는지 판단할 수 있는 근거나 정보를 가진 사람 또한 (거의) 없었다.

'존버' 혹은 '존버는 승리한다'는 말은 바로 그런 상황에서 나왔다. 적지 않은 손해를 감수하면서 팔아 버릴 수도 없고, 무작정 기다리자니 속이 바싹바싹 타들어 가는 와중에 마른 입술을 달싹이며 스스로에게 되뇌는 말. 합리적인 판단이라기보다는 믿음에 더 가까운, 차라리 주문과도 같은 말이었던 것이다.

존버, 지푸라기 같은 말

이렇게 특수한 상황에서 나온 말이 사회적으로 크게 유행한 이유가 뭘까? 그만큼 암호화폐에 투자한 사람이 많다는 의미일까? 그럴 수도 있지만, 나는 우리 사회가 어떤 의미에선 암호화폐 시장과 크게 다르지 않기 때문이라고 생각한다.

폴란드 출신의 사회학자 지그문트 바우만Zygmunt Bauman은 현대 사회를 가리켜 '액체근대'라고 명명한 바 있다. 규범과 양식, 규칙과 약속처럼 과거를 지탱하던 딱딱한 것들은 이미 녹아 버렸지만 새로운 틀은 아직 만들어지지 않은 시대. 안전하고 단단한 땅 대신 액체처럼 출렁거리고 싱크홀이 숭숭 뚫린 불안정한 기반에 발을 딛고 있는 시대. 가이드도 없고 표지판도 없는 시대. 어디로든 갈 수 있지만 어디도 길은 아닌 시대….

바우만은 우리가 개인화되고 사적으로 변한 근대, 유형을 짜야 하는 부담과 실패의 책임이 일차적으로 개인의 어깨 위로 떨어지는 시대를 살게 되었다고 말한다. 과거에는 공통의 고난에 대처하고, 공통의 목표를 이루기 위해 힘을 모을 수 있는 공통의 장소가 존재했다. 하지만 이제 그런 것은 없다. 수많은 사람들이 시시각각 고통을 토로하지만 그건 어디까지나 각각의 고통, 저마다의 접시에 놓인 각자의 불행일 뿐이다. 물론 우리에게도 공통의 장소 비슷한 곳이 있긴 하다. SNS라는 이름의 그곳에서 우리는 함께 모여 있되 모두 자신만의 거품에 둘러싸인 채 있다. 캐나다의 과학 저널리스트 지야 통Jiya Tong의 표현을 따르면, 우리가 보고 싶은 것만 보고 느끼고 싶은 것만 느끼는 안온한 '리얼리티 버블' 속에.

이런, 너무 우울한 이야기를 하고 말았다. 프리랜서 작가로 살다 보면 종종 나도 모르게 마음이 어두워지는 걸 막을 수가 없다. 이 일을 언제까지 할 수 있을지 모른다는 불안감과 이런 일을 언제까지 해야 할지 모르겠다는 회의감이 번갈아서 엄습할 때 특히 그렇다. 그런 상황에서 미래에 대한 전망 같은 건 불가능하다. 그때그때 예쁘지만 쓸데없는 물건을 사고, 맛있는 것을 먹으며 스스로를 위로할 뿐이다.

그런데 이게 비단 나만의 문제일까? 그렇지는 않을 것 같다. 불안이 공기처럼 우리를 감싸고 있는 사회에선 누구도 장기적인 안목을 가질 수 없고, 따라서 즉각적인 만족이 하나의 합리적 전략이 된다. 우리가 끊임없이 '지름신'에 시달리며 '먹방'에 탐닉하는 것도 그 때문이다. '욜로(YOLO)'라는 말이 괜히 나온 게 아니다.

따라서 존버는 이렇게도 할 수 없고 저렇게도 할 수 없을 때 나도 모르게 붙잡게 되는 지푸라기 같은 말이다. 지나치게 진지해서 웃음이 나오는 부조리극의 한 장면처럼 말하자면, 존버는 우리 시대의 기도다. 지금 당장 무엇을 해야 하는지 모르겠고 어떻게 해야 망하지 않을지 도무지 알기 힘들 때, 그때는 그저 믿는 수밖에 없다. 그리고 기도를 하는 것이다. 하늘에 계신 존버 선생님, 부디 저희를 굽어살피시옵고….

금수저, 흙수저

이토록 서늘한 현실

"나는 플라스틱수저를 입에 물고 태어났다(I was born with a plastic spoon in my mouth)." 1966년 영국의 전설적인 밴드 더 후The Who는 노래했다. "은수저를 입에 물고 태어나다(be born with a silver spoon in one's mouth)"라는 오래된 관용구를 비틀어, 나라는 존재가 언제든지 다른 사람으로 대체될 수 있는 자본주의사회의 잔인함을 풍자한 것이다. 오늘을 살아가는 평범한 우리들의 처지가 한 번 쓰고 버리는 플라스틱수저와 다르지 않다는 서늘한 현실 인식이 거기에 있다.

귤이 회수를 건너면 탱자가 된다고 했던가. 영국에 은수저와 플라스틱수저가 있다면 한국에는 '금수저'와 '흙수저'가 있다. 은수저가 바다를 건너며 금수저가 된 이유를 짐작하기는 어렵지 않다. 은보다 금이 더 비싸기 때문이다. 더 후의 시대로부터 반세기가 지나는 동안 걷잡을 수 없이 벌어진 양극화를 반영하는 셈이라고나 할까.

아무리 그래도 흙은 좀 너무했다. 동수저도 아니고 쇠수저도 아니고 흙수저라니, 차라리 그냥 맨손으로 먹는 게 낫지 않나….

21세기 수저계급론

사람들은 '금수저'와 '흙수저'에 격하게 공감했다. 온라인커뮤니티를 중심으로 빠르게 번지던 금과 흙의 이항대립은 어느 순간 좀 더 세분화된 '수저계급론'이 되었다. 한술 더 뜬다는 표현은 바로 이럴 때 쓰는 게 아닌가 싶다. 비유적인 의미로든 문자 그대로의 의미로든.

위키백과에 따르면 수저계급론의 분류 기준은 다음과 같다.[2]

- **다이아몬드수저:** 상위 1% 이내, 자산 100억 원 이상 또는 가구 연 수입 20억 원 이상
- **금수저:** 상위 1% 이내, 자산 40억 원 이상 또는 가구 연 수입 8억 원 이상
- **은수저:** 상위 3% 이내, 자산 20억 원 이상 또는 가구 연 수입 4억 원 이상
- **동수저:** 상위 12.5% 이내, 자산 10억 원 이상 또는 가구 연 수입 2억 원 이상
- **플라스틱수저:** 상위 50% 이내, 자산 2.5억 원 이상 또는 가구 연 수입 5,000만 원 이상

- **흙수저:** 상위 50% 이외, 자산 1.25억 원 미만 또는 가구 연
  수입 2,500만 원 이상

도대체 이런 건 누가 정하는 건지 모르겠다. 수저계급론을 비롯해 전국대학서열표, 부동산계급표, 자동차계급도, 심지어 연소득, 자산, 부동산, 직업, 학벌, 자동차, 시계, 취미 등을 모두 아우르는 결정판 '대한민국 계급 측정기'까지. 분명 수능 출제 위원처럼 매년 특정한 시기에 비밀리에 모여 머리를 맞대고 이런 걸 결정하는 비밀 위원회 같은 게 있는 것이 분명하다. 그렇게 생각하고 그냥 (비)웃어넘길 수 있으면 좋으련만. 문제는 적지 않은 통계가 '부모의 재산에 따라 자식의 경제적 지위가 결정된다'는 수저계급론의 핵심 주장을 뒷받침하고 있다는 사실이다.

세계의 기아를 끝내지 않겠다고 결심한 사나이

김낙년 동국대 교수가 최근 내놓은 논문 「한국에서의 부와 상속」을 보면 상속·증여가 전체 자산 형성에 기여한 비중은 1980년대 연평균 27.0%에서 2000년대 42.0%로 크게 늘었다. 국민소득 대비 연간 상속액 비율도 80년대 연평균 5.0%에서 2010~2013년 8.2%로 증가했다. 개인이 노력해 버는 소득보다 물려받은 자산의 중요성이 점차 커지면서 수저계급

론이 현실화하고 있는 것이다. (…)

김 교수는 다른 논문에서 국세청의 상속세 자료를 분석한 결과, 2013년 기준 자산 상위 10%가 보유한 자산은 전체의 66.4%였고, 하위 50%의 자산 비율은 1.9%였다고 밝혔다. 상위 10%의 자산 비율은 해마다 높아지고, 하위 50%의 자산 비율은 갈수록 낮아진다. 빈익빈 부익부 현상이 심해지는 것이다. 김 교수는 "저축보다 부의 이전이 더 중요해지고, 그렇게 축적된 부의 불평등이 높다면 그 사회는 능력주의에 입각해 있다고 보기 어렵다"고 설명했다.

— 「금수저·흙수저는 현실, 한국은 신계급사회로 가고 있다」(《경향신문》)[3]

'세계불평등데이터베이스(WID)'에 공개된 김낙년 교수의 2018년 연구를 보면 "한국에서는 소득 상위 1% 계층이 전체 소득의 12%를, 소득 상위 10% 계층이 43%를 가져간다"고 한다. 이러한 부의 쏠림현상은 비단 우리나라만의 문제가 아니다. 아마존(Amazon) 창업자인 제프 베이조스Jeff Bezos의 순자산 가치는 2021년 10월 기준 2,010억 달러, 한국 돈으로 약 238조 7,000억 원에 이른다. (참고로 2021년 대한민국 예산은 555조 8,000억 원이었다.)

우리가 사는 지구에선 지금도 5초에 한 명씩 어린이가 굶어 죽고 있다. 국제식량정책연구소(IFPRI)에 따르면, 세계의 기아를 종식하는 데는 매년 110억 달러가 필요하다. 이는 베이조스의 자산만으로 18년 넘는 시간 동안 아무도 굶어 죽지 않게 만들 수 있다는 뜻이다. 두 가지 의문이 든다. 하나, 개인이 이렇게 많은 부를 독점해도 되는 건가? 둘, 수천만 명의 목숨을 구할 수 있는 능력이 있는데 왜 그것을 사용하지 않는가?

트위터에는 '제프 베이조스는 세계의 기아를 끝내기로 결심했나(Has Jeff Bezos Decided To End World Hunger)?'라는 이름의 계정(@HasBezosDecided)이 있다. 해당 계정은 매일 같은 트윗을 올린다. "제프 베이조스는 오늘도 세계의 기아를 끝내지 않겠다고 결심했다(Jeff Bezos has decided he will not end world hunger today)."

코로나19로 인한 경기침체도 빈익빈 부익부 현상을 더욱 가속화하고 있다. 미국에서만 수천만 명이 일자리를 잃은 코로나 시기 동안 베이조스의 자산은 약 870억 달러가 늘었다. 한 해 기아로 굶어 죽는 어린이가 600만 명 정도라고 보면, 코로나 시기에 늘어난 자산만으로도 베이조스는 8년간 기아로 죽어 가는 성인들을 포함해 5,000만 명에 가까운 어린이들의 목숨을 구할 수 있다. 하지만 그는 그렇게 하지 않는다. 당분간 '제프 베이조스는 세계의 기아를 끝내기로 결심했나?' 계정이 활동을 멈출 일은 없을 것 같다.

유엔인권위원회(UNCHR)의 식량특별조사관으로 활동했던 장 지글러Jean Ziegler는 『왜 세계의 절반은 굶주리는가?』(2007, 갈라파고스)에서 이렇게 말한다. "소수가 누리는 자유와 복지의 대가로 다수가 절망하고 배고픈 세계는 존속할 희망과 의미가 없는 폭력적이고 불합리한 세계이다. 모든 사람들이 자유와 정의를 누리고 배고픔을 달랠 수 있기 전에는 지상에 진정한 평화와 자유는 존재하지 않을 것이다. 서로에 대해 책임을 다하지 않는 한 인간의 미래는 없을 것이다."[4]

평등이 뭐더라?

금수저와 흙수저라는 표현에는 우리 사회의 불평등을 직관적으로 가리키며 폭로하는 힘이 있다. 동시에 불평등을 바꿀 수 없는 기정사실로 받아들이고 체념하게 만드는 역효과도 있다. 그렇기 때문에 우리는 연예인의 크고 작은 실수에는 분노하며 친필 사과를 요구하지만, 재벌가의 자식들이 그보다 훨씬 심각한 본격 범죄를 저지르고 무사히 빠져나가는 것을 보면서도 침을 뱉듯 그냥 욕 한 번 내뱉고 잊어버리는 것이다.

지독한 불평등의 밑바탕에 깔린 건 '능력주의'라는 신화다. 사람들은 자본주의가 모두에게 기회의 평등을 제공한다고 말한다. 기회를 잡아 성공하는 것이 바로 능력이고, 능력이 부족해 생긴 불평등은 당연하며 또한 자연스러운 결과라는 것이다. 그렇다면 그 불평등은 어디까지 용인되어야 하는가? 미국 경제정책연구소(EPI)의 2020년 보고서에 따르면 CEO와 직원들의 임금 격차의 불균형은 1965년 21대 1에서, 1989년 61대 1, 2019년에는 320대 1로 지속적으로 증가해 왔다. 이를 두고 CEO들이 직원들보다 평균적으로 320배 높은 능력을 가지고 있다고 말할 수 있을까? 제프 베이조스를 비롯한 몇 명의 조만장자들이 세계의 부를 독점하는 동안 수많은 사람들이 기아로 죽어 가는 게 정말 당연하고 자연스러운 일인가?

그렇게 쌓인 부의 격차가 자식들에게 대물림되는 순간 사태는 더욱 심각해진다. 출발점 자체가 달라지면서 '기회의 평등'이란 말은 허울뿐인 공허한 슬로건이 되어 버린다. 돈 많은 부모 덕에 높은 수준의 사교육을 받은 학생과 집안 형편 탓에 학원도 제대로 다니지 못하고 혼자서 참고서를 보며 공부해야 하는 학생이 대학에 입학할 기회를 '공평하게' 얻었다고 말할 수는 없다. 하물며 가정 형편이 어려워 아르바이트를 전전하거나 일찌감치 학업을 포기해야 하는 학생들은 말할 것도 없다.

그런데 정말 평등한 게 뭘까? 가끔은 우리 모두가 수저계급론으로 요약되는 후기자본주의사회의 논리에 지나치게 길들여진 나머지 평등을 상상하는 능력마저 잃어버린 게 아닌가 하는 생각도 든다. 기회의 평등 대 결과의 평등 같은 가짜 문제를 두고 아등바등 다투느라 말이다. 다만 분명한 건, 회사원 한 명이 320년 동안 받을 연봉을 CEO가 일 년 치 연봉으로 받아가는 지금의 현실은 어떤 의미에서 봐도 공평하지 않을뿐더러 요즘 유행하는 말처럼 '공정'하지도 않다는 사실이다.

진정한 평등이 어떤 모습이어야 할지는 나도 모르겠다. 그것을 상상하기 위해서는 먼저 사람들을 가르고 나누는 벽을 무너뜨려야 한다. 공통적인 것(the commons)을 회복해야 한다. 나는 금수저나 흙수저가 아닌 제3의 숟가락을 떠올린다. 프랭크 다라본트 Frank Darabont 감독의 영화 〈쇼생크 탈출〉(1994)에서 잘나가는 젊은 은행원 앤디 듀프레인(팀 로빈스 분)은 아내와 그녀의 정부를 살해했다는 누명을 쓰고 쇼생크 교도소에 수감된다. 죄수의 신분으로 소장과 간수들의 세금 계산을 해 주고 사업적인 거래들을 처리해 주면서 교도소 내에서 나름의 존중을 받는다. 하지만 그는 그 모든 부조리를 자신의 것으로 받아들일 마음이 없다. 그는 밤마다 리타 헤이워드 Rita Hayworth 의 브로마이드로 가린 벽을 파 내려간다. 무려 20년 동안, 하루도 빠짐없이. 마침내 탈출에 성공한 그의 손에는 숟가락 한 개가 들려 있었다. 벽을 팠던 그 숟가락이었다. 그러니까 내 말은, 어쩌면 그것이 우리에게 필요한 유일한 숟가락이 아닐지? 밥 먹을 때 쓰는 숟가락을 제외한다면 말이다.

*추신

책이 출간된 후 김해에 거주하시는 한 독자분께서 편집부로 메일을 보내 주셨다. "〈쇼생크 탈출〉에서 앤디 듀프레인이 탈출하기 위해 사용한 수단은 '숟가락'이 아닌 '락해머(조각용 망치)'"라는 내용이었다. 듀프레인의 손에 들린 게 숟가락이라고 철석같이 믿고 있던 우리(저자와 담당 편집자)는 락해머로 뒤통수를 한 대 맞은 기분이었다. 어쩌다 이런 실수를 한 거지? 그야말로 '뇌피셜'의 완벽한 정의라고 할 만했다. 그래서 우리는 오류를 고치는 대신 짧은 추신을 붙이기로 했다. ('뇌피셜'에 관한 자세한 내용은 147쪽을 참고하세요.)

플렉스

멋있고 폼 나긴 하는데

네이버 지식백과는 '플렉스(flex)'를 다음과 같이 정의한다. "플렉스는 사전적 의미(동사)로는 '(준비운동으로) 몸을 풀다'라는 뜻을 지니고 있으나, 1990년 미국 힙합 문화에서 '부나 귀중품을 과시하다'란 의미로 사용되다 한국으로 건너왔다. 플렉스는 자신의 성공이나 부를 뽐내거나 과시한다는 뜻으로 사용되고 있는데, 우리나라에서도 힙합 래퍼들이 노래 가사 등에 플렉스를 사용하면서 인기를 끌었다."

21세기는 플렉스의 시대다. 적어도 첫 20년 동안의 한국 사회는 그랬다. 물론 플렉스는 (한국 기준으로) 2019년에야 유행하기 시작한 단어다. 이상할 건 하나도 없다. 문화는 공기와 같아서, 공기의 존재를 잘 인지하지 못하는 것처럼 우리가 숨 쉬는 문화의 정체를 잘 의식하지 못한다. 엄청나게 많은 미세먼지를 들이마시고 난 뒤에야 '미세먼지'라는 말을 알게 된 것처럼, '플렉싱'한 20년을 보낸 뒤에야 비로소 플렉스라는 단어를 찾게 된 셈이다.

졸부, 간지, 스웨그, 플렉스

플렉스 이전에 '스웨그(swag)'가 있었다. 스웨그 이전에는 '간지'가 있었다. 스웨그는 뽐내고 간지는 부린다. 세세한 뉘앙스는 다르지만 모두 '멋을 낸다', '폼을 잡는다'는 의미로 쓰이는 말이다. 차이는 멋과 폼의 종류다. 간지가 화려하고 비싼 명품뿐 아니라 나름의 개성과 느낌이 있는 허름한 구제까지 포함한다면, 스웨그는 치렁치렁한 체인 금목걸이처럼 약간의(실은 많은) 재력이 뒷받침되어야 한다.

플렉스에 이르면 멋과 폼의 의미는 다시 한번 달라진다. 이제 돈이 모든 것을 대신한다. 비싼 옷을 차려입는 게 아니라, 비싼 옷을 망설이지 않고 사는 것이 바로 플렉스다. 많은 돈(을 쓰는 것)이 곧 멋이고 폼이고 느낌이며 개성으로 인정받게 된 것이다.

나는 이 단어들 이전에 한 편의 TV 광고가 있었다고 생각한다. 2001년 겨울에 처음 전파를 탄 'BC카드' 광고다. 눈 내린 들판에서 신인배우 김정은이 시청자들을 향해 천진하게 외친다. "여러분~ 여러분~ 모두 부자 되세요. 꼭이요!" 그게 20초짜리 광고의 전부다. 지금 보면 허무할 정도로 별다른 내용이 없다. 하지만 당시 TV를 보던 사람들에게 그 말이 불러온 충격은 결코 작지 않았다.

IMF 외환위기 이전에 덕담이나 인사말로 "부자 돼라", "돈 많이 벌라"는 흔히 쓰이지 않는 표현이었다. 배금주의를 경계

32

해 온 전통적인 유교문화 때문에 "복 많이 받으라"는 말로 돌려 말하는 것이 일반적이었다. 그런데 IMF 외환위기 전후로 돈이 없는 데서 비롯되는 온갖 좌절과 비극을 경험하거나 목격한 대중은 전보다 노골적이고 현실적인 바람을 직접 드러내기 시작했다. 이처럼 "부자 되세요"는 멋 부리지 않은 평범한 표현으로도 동시대 대중의 열망을 날카롭게 낚아챈 캐치프레이즈였다.

— 윤지원 기자, 「'IMF'멍' 달랜 "부자 되세요~" 이후
'~세요' 광고로 15년 롱런」(《CNB저널》)[5]

20세기 이전에도 플렉스를 하는 사람들은 존재했다. 하지만 그들은 선망의 대상이 되기는커녕, 다소 천박하다는 비난을 받아야만 했다. 그들을 가리키는 말도 있었다. 바로 '졸부'다(이제 그것은 더 이상 쓰이지 않는 사어가 되었다). '갑자기 된 부자'라는 사전적 의미를 지닌 단어가 멸칭이 된 이유를 짐작하긴 어렵지 않다. 돈이 아무리 많다고 한들, 그것만으로는 부족하다는 의미다. 이걸 개인의 능력이나 자질보다는 가문이나 혈통이 더 중요하다는 우생학적인 이야기로 받아들일 필요는 없다. 그보다는 많은 돈에는 많은 책임이 따르며, 책임은 지지 않고 돈만 밝히는 사람은 비난받아 마땅하다는 주장에 더 가깝다.

성공, 운일까 운명일까?

옛날 하고도 아주 먼 옛날, 호랑이 담배 피우던 시절에 "큰 부자는 하늘이 낸다"라는 말이 있었다. 어떤 사람이 부자가 되었다면 그의 능력이나 자질이 아니라, 운명 덕분이라는 뜻이다. 비슷한 말로는 '진인사대천명(盡人事待天命)'이 있다. '인간으로서 해야 할 일을 다하고 나서 하늘의 뜻을 기다린다'는 의미의 한자성어다. 이 말을 좀 더 쉽게 바꾸면 '운칠기삼(運七技三)'이 된다. '운이 칠 할이고 재주나 노력이 삼 할'이라는 뜻으로 '사람의 일은 재주나 노력보다 운에 달려 있음'을 이른다. 일종의 줄임말, 옛날 신조어인 셈이다.

여기에 공통적으로 깔려 있는 건 개인의 능력이나 노력만으론 충분하지 않다는 생각이다. 그걸 '운'이라 부르건 '운명'이라 부르건, 성공에는 개인의 자질을 넘어서는 요인이 반드시 필요하다는 것이다. 자신의 성공이나 부가 그저 우연에 불과하다면, 이를 뽐내거나 과시하기보다는 겸허한 마음으로 운이 좋지 않은 다른 사람들과 나누는 편이 낫다. 운명은 예측할 수 없고, 우연은 반복되기 어려우며, 운은 좋을 때가 있으면 나쁠 때도 있는 법이니까. 결국 성공한 사람과 성공하지 못한 사람 사이에 '근본적인' 차이 같은 것은 존재하지 않는다. 여기에는 플렉스가 들어설 자리가 없다.

아무리 옛날 사람이라도 정말 그렇게 생각했을까 하는 의문도 든다. 신화나 전설, 옛날이야기만 봐도 악랄한 부자들이 자주 등장하지 않는가? 오죽하면 『성경』에 "부자가 하느님 나라에 들어가는 것보다는 낙타가 바늘귀로 빠져나가는 것이 더 쉬울 것이다"라는 말이 있을 정도다.

하지만 개개인이 그것을 진심으로 믿는지, 믿지 않는지는 생각만큼 중요하지 않다. 중요한 건 얼마나 많은 사람들이 '믿는 것처럼' 보이느냐다. 대부분의 사회 구성원들이 성공은 개인의 능력을 넘어선 문제이므로 성공한 사람은 그렇지 못한 이들과 부를 나눌 책임이 있다고 '믿는 것처럼' 보일 때, 부자들은 함부로 자신의 부를 과시하지 못한다는 말이다.

오해하면 안 된다. 나는 지금 플렉스가 나쁘다고 말하려는 게 아니다. 솔직히 말하면, 당장이라도 새 백팩과 새 차를 구입한 다음, 백팩을 자랑하는 척하며 자동차 핸들에 박힌 로고가 슬쩍 나오게 찍은 사진을 SNS에 올린 뒤, 능청스럽게 "플렉스 해 버렸지 뭐야~"라고 쓰고 싶은 마음이 굴뚝같다. 하지만 그럴 수 없는 몇 가지 사소한 문제가 있으니, 대신이라고 하기엔 좀 이상하지만, 플렉스를 가능하게 만든 우리 시대의 '믿음'이 무엇인지 한번 되짚어 보자는 것이다.

능력주의의 폐해

성공이 순전히 우리들 개개인의 능력에서 비롯한 당연한 결과처럼 보일 때, 우리는 아무런 죄책감 없이 누구의 눈치도 보지 않고 성공의 열매를 마음껏 즐길 수 있다. 이것이 우리 시대가 믿고 있는 능력주의(meritocracy) 사고방식이다. 위키피디아에 따르면 능력주의는 '개인의 능력에 따라 사회적 지위나 권력이 주어지는 사회를 추구하는 정치철학'이고, 반대로 말하면 평등한 기회가 주어졌을 때 능력에 따른 차별이 공정하다고 믿는 생각이다. 그런데 정말 기회는 평등한가?

그렇지 않다고 말하는 사람들이 있다. 미국의 정치철학자인 마이클 샌델Michael J. Sandel 하버드대 교수도 그중 한 명이다. 그는 『공정하다는 착각』(2020)이라는 책을 통해 능력주의의 폐해를 꼼꼼히 따진다. '능력에 따른 차별은 공정하다는 믿음'이 가장 극단적으로 드러나는 대학입시를 예로 들어 보자. 미국에서는 부모의 소득이 높을수록 수험생이 미국 대학입학자격시험(SAT)에서 더 높은 점수를 얻는다는 것이 연구 결과로 확인되었다. 우리나라에도 2020년 '서연고' 신입생의 50% 이상이 소득분위 9~10구간의 고소득 가구에 속한다는 통계가 있다.

가구소득과 성적이 비례하는 이유는 간단하다. 많이 벌수록 자녀교육에 더 많이 투자하기 때문이다. 고소득 가구의 경우 자녀가 고등학교나 중학교는 물론 초등학교나 유치원, 심지어 어린이집에 입학하기 전부터 지속적으로 많은 교육비를 쏟아붓기 때문에 그렇지 않은 학생들과는 출발점부터 다르다. 그리고 시간이 흐를수록 격차는 좁아지기는커녕 점점 더 벌어지기만 한다. 부잣집

취준생

자, 이제 너를 증명해 봐

'취준생'은 '취업준비생'의 줄임말로, 만들어진 지 최소한 10년은 훌쩍 넘은 단어다. 아무리 기준을 낮춘다고 해도 2022년 현재 신조어라 부르기에는 무리가 있다. '솔까말'(솔직히 까놓고 말해서) 취준생과 요즘 유행하는 신조어 사이엔 '넘사벽'(넘을 수 없는 사차원의 벽)이 있어 취준생을 신조어라고 우기는 것은 아무리 봐도 '흠 좀무'(흠, 이게 사실이라면 좀 무섭군요)가 아닐 수 없다. 그렇다. 나는 앞의 문장에서 신조어를 하나도 쓰지 않았다. 지나간 유행어 세 개를 썼을 뿐…. 이제는 거의 쓰이지 않는 세 단어와 달리 취준생은 여전히 살아남았다. 그리고 우리의 일상적인 어휘 목록에 안정적으로 자리 잡은 것처럼 보인다.

신조어를 넘어 일상어로

취준생은 2009년 5월 16일, 작은따옴표에 둘러싸여 괄호 속 친절한 설명을 동반한 모습['취준생'(취업준비생)]으로 처음 신문에 등장했다. 이후 2009년 3건, 2010년 5건, 2011년 29건, 2012년 86건, 2013년 391건으로 기사에 사용되는 빈도가 늘어나면서 점차 작은따옴표를 벗었다. 2014년엔 2,117건을 기록한 뒤 2015년 5,954건, 2016년 8,051건, 2017년 8,373건으로 폭발적으로 증가하더니 급기야 2018년에는 1만 건을 돌파했다. 초기에는 주로 사회면에 쓰이다가 시간이 흐르며 문화면이나 연예면 등으로 사용 범위가 넓어졌다.

물론 여기에는 함정이 있다. 취준생이라는 단어가 자주 등장하게 된 것은 온라인 매체가 늘어나면서 트래픽 유입을 목적으로 비슷한 기사를 양산하거나, 인기 키워드를 본문에 끼워 넣어 검색에 걸리도록 한 행위가 빈발했기 때문이다. 특히 취준생이 주요인물로 등장하는 영화나 드라마가 제작되어 이와 관련한 연예면 기사 수가 폭증한 시기도 중간중간 있다. 하지만 그 또한 취준생에 관한 사회적 관심이 높아졌다는 방증으로 볼 수 있으며, 비교적 신뢰도 높은 14개 일간지[6]만을 대상으로 사용 빈도를 따져 봐도 증가세를 확인할 수 있다.[7]

이유가 뭘까? 물론 취업이 어려워졌기 때문이다. 한국 사회가 과거의 폭발적인 성장기를 지나 안정기에 접어들며 성장이 둔화하였고, 줄어드는 일자리를 두고 많은 사람이 경쟁하면서 회사가 요구하는 스펙 기준은 점점 높아졌다. 급기야 기업들이 신입사원을 선발해 교육하는 비용마저 아끼기 위해 경력직을 선호하기 시작하면서 경력 또한 중요한 스펙이 되었다. 경력을 쌓으려면 먼저 취업부터 해야 하는데, 경력이 없어서 취업을 못 한다는 역설적인 상황. 설상가상으로 코로나19 때문에 중소기업은 물론 대기업까지 채용 규모를 줄이며 취업문은 더 좁아지기만 했다.

구글 트렌드에 따르면 취준생이라는 단어를 검색한 사람들은 청년, 우울증, 실업, 돈 등의 단어도 함께 검색했다. 네이버의 연관 검색어도 취준생 카페, 취준생 지원금, 취준생 자살 등으로 크게 다르지 않다. 이를 두고 취업을 준비하는 청년들이 종종 우울증에 시달리며, 돈이 부족하고, 급기야 극단적인 생각까지 하게 된다는 의미로 받아들인다고 해도 터무니없는 추측은 아닐 것이다. 취준생이 신조어에서 일상어로 자리 잡은 배경에는 이러한 사회문제가 깔려 있다.

더 큰 문제는 이것이 일시적 현상이 아니라는 사실이다. 보통 사람들은 경기가 침체해도 언젠가는 회복되어 과거의 '정상적인' 상태로 돌아갈 거라고 생각한다. 하지만 이제는 돌아갈 '정상적인' 상태가 없다. 1997년 IMF 외환위기가 닥치기 전까지는 4년제 대학 졸업장만 있으면 취업이 그리 어렵지 않았다. 교사나 공무원은 선호하는 직업도 아니었다. 그때는 그게 '정상'이었다. 하지만 지금은 안정된 일자리를 구하기 위해 지나치게 높은 스펙을 쌓고 치열한 경쟁을 뚫어야 한다. 이것이 2008년 금융위기 이후 전 세계가 저성장 국면으로 접어들며 우리가 처하게 된 '새로운 정상(뉴노멀)'이다.

변하는 '인생의 3막 구조'

얼마 전『스토리: 흥행하는 글쓰기』(2020)라는 책을 읽다가 재미있는 구절을 발견했다. 영화 시나리오에 흔히 사용되는 3막 구조를 설명하는 부분이었다. 단순하게 말해서 1막을 기, 2막 전반부를 승, 2막 후반부를 전, 3막을 결이라고 치면(실제로는 조금 다르다) 이야기가 진행되기 위해서는 각 단계 사이에 다음 단계로 넘어가게 해 줄 커다란 사건이나 갈등이 있어야 한다는 것이었다. 여기까지는 모든 시나리오 작법서가 공통적으로 말하는 내용이다. 흥미로운 점은 3막 구조를 인간의 생애에 대입해 보는 대목이었다.

조선시대 사람의 평균수명을 60세라고 치자. 4등분을 하면 태어나서 15세까지가 1막, 16세부터 30세까지가 2막 전반부, 31세부터 45세까지가 2막 후반부, 46세부터 60세까지가 3막이 될 것이다. 그렇다면 각 단계가 끝나는 15세, 30세, 45세에 들어갈 커다란 사건은 뭘까? 정답은 '결혼'이다. 15세에는 자신의 결혼, 30세에는 자식의 결혼, 마지막 45세에는 손주의 결혼.

이번에는 20세기에 태어난 평범한 사람의 삶을 보자. 평균수명은 80세. 따라서 20세까지가 1막, 40세까지가 2막 전반부, 60세까지가 2막 후반부, 80세까지가 3막이 된다. 1막이 끝나는 20세에 부딪히는 인생의 첫 사건은 대학 진학이다. 40세는 승진 또는 이직이고, 60세는 은퇴다. 앞서 IMF 외환위기 전까지는 대학 졸업장만 있으면 취업이 어렵지 않았다고 한 말을 기억할 필요가 있다. 결국

조선시대의 삶이 결혼해서 가족을 이루고 자식을 낳아 키워서 결혼시키는 것이라면, 20세기의 삶은 대학에 진학하고 대학 졸업장을 가지고 취업을 하고 직장 생활을 하며 은퇴 이후를 대비하는 것이라고 말할 수 있다('노멀').

그렇다면 21세기의 삶은 어떨까? 이제 평균수명은 100세로 늘어나 각각의 막은 25세, 50세, 75세, 100세까지로 나눌 수 있다. 25세에 당면하는 어려움은 뭘까? 물론 취업이다. 50세는? 두 번째 취업. 75세는? 세 번째 취업이다. 평생직장이라는 개념이 사라지고, 큰돈을 가지지 못한 사람들이 큰돈을 벌기가 점점 더 불가능해지는 상황에서, 대부분은 생계를 유지하기 위해 늘어난 삶의 시간만큼 일할 수밖에 없다. 그것도 중간중간 전혀 다른 분야에 도전하며 자신이 여전히 일할 수 있다는 것을 취업시장에서 증명하고 인정받아야 한다. 21세기를 살아가는 우리는 모두 취준생이거나 잠재적인 취준생이다('뉴노멀').

물론 이것은 삶의 형태를 지나치게 일반화하고 단순화한 이야기일 뿐이다. 심지어 21세기 삶에 대한 부분은 아직 오지 않은 미래를 그린 순전한 상상에 불과하다. 하지만 그런 일반화와 단순화, 그리고 상상이 때로는 이해를 돕는다. 그게 바로 이야기의 역할이니까.

나를 '증명'해야 하는 사회

〈SHOW ME THE MONEY〉 시즌 7(2018)과 시즌 8에 연속해서 프로듀서로 출연한 스윙스는 시즌 9에 참가자로 지원하며 지원 동기를 '증명하기 위해서'라고 밝혔다. 누군가는 그의 용기에 찬사를 보냈고 누군가는 곱지 않은 시선을 던지기도 했지만 분명한 건 스윙스가 말하는 '증명'이 바로 뉴노멀의 시대정신이라는 것이다. 물론 스윙스는 지금까지 쌓아 온 커리어와 유명 힙합 레이블의 창립자라는 현재 위치에 안주할 수도 있었다. 하지만 그렇게 하지 않았고, 스윙스에 대한 호불호와는 별개로, 그가 동시대와 호흡하는 래퍼임을 증명했다고 나는 생각한다.

그렇지만 너무 피곤한 일이다. 모두가 잠재적인 취준생으로 살아가는 사회는 거대한 오디션프로그램과 다를 바 없다. 이것이 신자유주의가 우리를 밀어 넣은 장소다. 그 속에서 사람들은 자기를 증명하기 위해 끊임없이 경쟁하고 노력해야 하지만, 여기서 벗어날 수 있는 사람은 아무도 없다. 결국 아무도 어른이 되지 못한다. '꼰대'는 많고 '라떼'도 많다. 하지만 참가자나 심사위원이 아닌 사람, 무대 바깥에도 세상은 있다고 말하는 사람, 다음에 올 세대를 위해 무엇을 할 수 있을지 고민하는 사람은 찾기 힘들다. 나로 말하자면 어른은커녕 매년 지원하지만 번번이 2차 예선에서 탈락하는 '장수생'이 된 기분이다….

흔히 청소년기를 가리켜 질풍노도의 시기라고 한다. 모든 것이 혼란스럽고 불안하며 불확실하게 느껴지는 시기다. 학교를 졸업하고, 안정된 일자리를 구하고, 결혼해서 자식을 낳아 가정을 꾸리면서 비로소 사람들은 삶의 다음 시기로 접어든다. 적어도 예전엔 그랬다. 하지만 지금은 소위 말하는 'N포 시대', 안정된 일자리가 사라지며 많은 사람이 결혼을 포기하고 내 집 장만은 꿈도 꾸지 못하는 뉴노멀의 시대다.

미국의 사회학자 제니퍼 M. 실바Jennifer M. Silva는 『커밍 업 쇼트: 불확실한 시대 성인이 되지 못하는 청년들 이야기』(2020, 리시올)에서 "우리 세대는 조부모와 부모 세대가 힘겹게 일군 안정성을 서서히 잃어 가고 있다."[8]라고 말한다. 사회안전망이 축소되고 경제적 불평등이 심화하며 연인과 가족 같은 개인적인 친밀한 관계까지 짐이 되는 상황에서, 안정되고 예측 가능한 성인의 삶을 살아가기란 사실상 거의 불가능하다. 각자도생의 시대. "홀로 남겨진 고독한 이들은 미래를 마주 볼 수도, 의미 있는 관계를 형성할 수도, 감정적 웰빙과 자기 존중의 감각에 다다를 수도 없다."[9]

그렇다면 우리는 어떻게 끝없는 취준생의 사회에서 벗어나 더 나은 공동체를 만들 수 있을까? 물론 나라고 답을 알 리 없다. 다만 나는 영화 〈캡틴 마블〉(2019)의 한 장면을 떠올린다. 캐럴(브리 라슨 분)과 욘-로그(주드 로 분)의 마지막 대결. 캐럴을 위하는 척 가스라이팅 하며 이용한 욘-로그가 '네 능력을 쓰지 않고도 나를 이길 수 있다는 걸 증명해 보라'며 개수작을 부린다. 하지만 캐럴은 말이 채 끝나기도 전에 그를 에너지 블라스트로 날려 버린다. 그리고 말한다. "나는 당신에게 아무것도 증명할 필요가 없어."

어쩌면 지금 우리에게 필요한 건 잠시 멈춰 스스로 질문을 던지는 일인지도 모른다. 우리에게 증명을 요구하는 이는 대체 누구인가? 그렇게 우리를 자기 착취로 몰아가면서 이익을 얻는 사람은 또 누구일까?

홧김비용

상처받은 자들이여, 욕하라!

모든 글에 쓸 수 있는 첫 문장이 있으면 좋겠다. 한때 밑도 끝도 없이 '난 경기도 안양의 이준영이다'라는 문장으로 글을 시작하는 게 유행이었던 것처럼. 그럼 그럴듯한 첫 문장을 생각하느라 괴로워할 필요도 없고 무슨 내용이든 자신 있게 써 내려갈 수 있을 것 같은데. '난 경기도 안양의 이준영이다. 지금부터 이번 달의 신조어에 관해 이야기하겠다. 잘 들어…' 하는 식으로 말이다. 하지만 나는 경기도 안양의 이준영이 아니고, 오늘도 빈 화면을 노려보며 문장을 쓰고 지우기를 반복한다.

글 대신 돈을 쓰다

글 쓰는 일은 물의 순환을 닮았다. 정확히 말하려면 '나는 무적!'에서 '다 망했어' 사이를 오가는 마음의 왕복운동을 지구상의 물의 순환에 빗댄 '인터넷 밈(meme)'을 닮았다고 해야겠지만. '다 써 버리겠어!'라면서 호기롭게 컴퓨터 앞에 앉았다가, 어느 순간

잔뜩 스트레스를 받아 머리를 쥐어뜯으며 글 대신 돈을 쓰는 자신을 발견하게 되는 것이다.

이 글도 마찬가지다. 며칠 동안 '나는 무적! ⇄ 다 망했어'의 사이클을 몇 번이나 돌며 온라인 서점에서 글과는 아무 상관 없고 당장 읽을 것 같지도 않은 책을 다섯 권 주문했고, 즐기지도 않고 다 먹지도 못할 음식을 세 번이나 배달시켰으며, 마트에 들러 일일이 기억도 안 나는 잡다한 물건을 잔뜩 샀다. 마치 '다 망했어. 난 끝장이야'라는 이름의 계곡을 빠져나오기 위해 지푸라기라도 잡는 게 아니라, 뭐라도 사야 할 필요가 있는 것처럼.

내가 아는 어느 훌륭한 소설가는 그럴 때 옷을 산다고 한다. 일이 바쁘면 바쁠수록 옷을 더 많이 사는 바람에, 밖엔 한 번도 못 입고 나간 옷이 옷장에 그득하다고. 그래서 가끔은 기분도 전환할 겸 중간중간 새 옷으로 갈아입고 글을 쓰는데, 잠에서 깨어 화장실에 가던 어머니가 그 모습을 보고 깜짝 놀라며 혀를 끌끌 찬 적도 몇 번이나 있었다나 뭐라나. 으이구, 지돈아….

나는 홧김에 돈을 쓴다, 매일매일…

이건 비단 작가들만의 문제는 아니어서, 이런 현상을 가리키는 신조어도 있다. 업무 때문에 받은 스트레스를 풀려고 홧김에 쓰는 돈, 바로 '홧김비용(시발비용)'이다. 신한은행이 발간한 『보통 사람 금융생활 보고서 2019』에 따르면 전국 직장인 1,000명을 대상으로 한 조사에서 응답자의 85.5%가 스트레스 해소를 위해 별도 비용을 지출한다고 답했다. 1회당 평균 홧김비용은 8만 6,000원이고 월평균 횟수는 2.4회였다. 달마다 20만 원이 넘는 돈을 오로지 업무 스트레스를 풀기 위해 쓰는 것이다.

그런데 왜 하필 '홧김비용'일까? 사회학자 구정우는 말한다. "요즘 젊은 세대에게 미래를 계획하고 준비할 수 있는 여력이 없다. 불확실한 미래를 준비하는 것보다 현재의 스트레스를 관리하려는 욕망이 담긴 것 같다. 저축해 봤자 집 못 사잖나. 직장에서 열심히 일해 봤자 평생 다닐 수 있는 것 아니다. 갑을관계로 드러나는, 계급 격차가 심한 사회에서 살다 보니 젊은 청년층일수록 스트레스 받을 수밖에 없고 이를 반영한 신조어가 나오는 거다."[10]

한편 심리학자 하지현은 홧김비용이 "소비 행위를 합리화하기 위한 인간의 심리 기제로 봤을 때 '길티플레저(guilty pleasure)', '스몰 럭셔리(small luxury)'와 같은 맥락의 이야기"라고 할 수 있지만, 그런 말들에서 볼 수 있는 즐거움 대신 공격성이 담겼다고 지적하며 이렇게 덧붙인다. "금지된 것을 하면서 즐거움을 느끼는 것보다 억압된 것을 터트리는 데 더 초점을 두고 있다. 우리 사회의 내부압력이 올라간 것 같다."[11] 코로나 시기를 거치며 우리 사회의 내부압력은 더욱 높아졌고, 홧김비용 또한 늘었으면 늘었지 줄어든 것 같지는 않다. 코로나19로 인해 운동하거나, 극장에 가거나, 친구와 만나 시간을 보내는 등의 활동을 하기 어려워지면서 달리

스트레스를 풀 마땅한 곳이 없어졌기 때문이다.

문제는 아무리 홧김비용을 써도 기분이 나아지는 것은 잠시뿐이고, 결과적으로 쓸데없는 돈을 썼다는 죄책감이 들며 오히려 기분이 더 나빠지기 십상이라는 데 있다. 스트레스를 풀려고 안 써도 되는 돈을 쓰지만, 안 써도 되는 돈을 써서 다시 스트레스를 받는 일종의 악순환. 어떻게 우리는 이런 저주받은 왕복운동에서 탈출할 수 있을까?

비속어에도 장점과 역할이 있다?!

문제를 해결하려면 먼저 문제가 있다는 사실을 받아들여야 한다. 그러기 위해선 '홧김비용'이라는 순한 표현 대신 '시발비용'이라는 원래의 매운맛 표현을 살펴볼 필요가 있다. 물론 '시발'은 많은 이에게 불쾌감을 줄 수 있는 비속어다. 이 책을 읽고 계시는 교양 있는 독자 여러분들의 취향을 고려한다면 '홧김'이라는 단어로 순화해야 마땅할 테다. 하지만 비속어에도 나름의 장점과 역할이 있다면?

중세 영문학 전문가인 멜리사 모어Melissa Mohr는 때론 비속어가 다른 어떤 단어도 할 수 없는 일을 해낸다고 본다. 그는 고대 로마 때부터 현대까지 비속어의 역사적 궤적을 추적한 책 『HOLY SHIT: 욕설, 악담, 상소리가 만들어 낸 세계』(2018, 글항아리)에서 이렇게 말했다.

비속어는 긍정적이든 부정적이든 극단의 감정을 가장 강력하게 표현하는 언어적 도구다. 비속어는 타인을 모욕하고 타인의 신경을 거스른다(이는 좋든 싫든 언어가 가진 기능이다). 비속어는 고통이나 강력한 감정에 대해 카타르시스를 제공한다. 비속어는 다른 단어들이 할 수 없는 방식으로 집단 구성원 간의 유대감을 강화시킨다. 말하거나 쓸 단어를 선택할 때 우리는 의식적으로나 무의식적으로나 많은 요소를 참작한다. 하려는 말의 의미를 생각하고, 전달하려는 정서를 고려하며, 말하는 대상과 장소를 파악한다. 때로는 이 모든 요소를 헤아려 정중한 어법과 신중한 어조를 구사해야 하지만, 때로는 비속어 한두 마디가 목적을 달성하는 유일한 수단일 수 있다. 달리 말해 언어가 도구 상자라면, 비속어는 망치인 셈이다. 스크루드라이버나 렌치, 플라이어로도 나무에 못을 박아볼 수는 있지만, 그 작업에 빈틈없이 알맞게 고안된 도구는 오직 망치뿐이다.[12]

모어는 사람들이 물리적 폭력을 행사하지 않고도 부정적인 감정을 표현할 수 있게 하는 중요한 안전장치가 바로 상소리라고 말한다. 그에 따르면 비속어는 카타르시스를 제공하고, 다른 언어가 할 수 없는 독자적인 방식으로 가슴에 맺힌 응어리를 풀어 주는 유용한 도구다.

어느 대담한 심리학자들의 연구는 모어의 주장을 뒷받침해 준다. 아주 차가운 물에 손을 담근 상태로 상소리를 하면 평범한 단어를 말할 때보다 더 오래(40초 더) 그 상태를 견딜 수 있다는 사실을 밝혀낸 것이다. 실험을 주도한 영국의 심리학자 리처드 스티븐스Richard Stephens는 이 결과를 두 문장으로 요약했다. "내가 하고픈 조언은 이것이다. 상처받은 자들이여, 욕하라."

오늘 밤도 나는 시발비용을 외친다

오해하면 안 된다. 나는 지금 비속어 사용을 권장하는 게 아니다. 시발비용이라는 단어가 홧김비용이 아닌 시발비용이라는 형태로 만들어지고, 수많은 사람의 열렬한 호응을 받으며 순식간에 퍼진 데는 다 이유가 있다고 말하려는 것이다. 즉 시발비용은 업무에서 받은 스트레스를 풀기 위해 홧김에 쓰는 돈을 가리키는 말이기도 하지만, 그보다는 홧김에 돈을 쓰며 '내뱉는' 말이다. 따라서 시발비용이라는 단어를 사용하는 것만으로는 부족하다. "악! 또 시발비용을 써 버렸어! 시발!!!" 하고 외쳐야 비로소 그 표현이 완성되는 것이다.

내 생각엔 시발비용을 대하는 데는 두 가지 방법이 있다. 첫 번째는 쿨하게 받아들이는 것이다. 우리가 경쟁사회에서 일하고 공부하며 스트레스를 받는 건 당연하고, 소비사회에서 돈을 쓰며 스트레스를 푸는 것도 당연하다. 그럼에도 풀리지 않는 스트레스가 있다면 욕을 하는 것 역시 지극히 자연스럽다. 1990년대를 대표하는 스타 배우이자 넷플릭스 다큐멘터리 시리즈 〈욕의 품격〉(2021)을 진행하는 니컬러스 케이지Nicolas Cage는 말한다. "우리는 욕을 할 수 있어야 합니다. 창의력을 키우는 관문이자 저항의 한 형태이면서 정신건강에 좋거든요."

두 번째는 의문을 던지는 것이다. 일하며 스트레스를 받는 게 당연한가? 돈을 쓰며 스트레스를 푸는 방식이 당연한가? 일하며 욕하는 것이 지극히 자연스럽다지만, 많은 사람이 '시발비용'을 써가며 꾸역꾸역 일하는 곳이 정말 괜찮은 사회일까? 시발비용은 비속어라기보다는, 오늘의 불안정성과 미래의 불확실성에 고통받는 사람들이 어떻게든 오늘 하루를 버텨 내려고 외치는 비명에 더 가까운 말이 아닐까? 지금으로부터 40여 년 전, 시인 이성복은 이렇게 썼다. "모두 병들었는데 아무도 아프지 않았다." 그렇다면 지금 우리는 어떤가. 모두 비명을 지르는데 아무도 듣지 않고 있는 건 아닌가?

가성비와 가심비

효율이 먼저라니까!

가성비에 대한 내 생각은 한결같다. 3년 전 나는 『아무튼, 택시』(2018, 코난북스)라는 책의 한 구절을 이렇게 썼다. "분명하게 말하지만 나는 가성비라는 말이 싫다. 듣기만 해도 피곤해질뿐더러, 어쩐지 영혼까지 가난해지는 느낌이 든다. 그리고 나는 영혼이라는 말도 싫어한다…"[13]

그렇다고 해서 내가 가성비로부터 자유롭다는 뜻은 아니다. 나는 가성비를 싫어하면서도 가성비에 집착하는데, 그건 아마 내가 영혼까지 가난하기 때문인 것 같다….

가성비 vs. 나

최근 이사를 했다. 7년 만의 이사였다. 버릴 것도 많고 살 건 더 많았다. 영원히 끝나지 않을 것 같던 짐 정리가 일단락된 뒤에도 한동안 이런저런 물건을 사느라 정신없이 보냈다. 칫솔꽂이나 휴지통 같은 자잘한 생활용품부터 청소기와 에어컨 같은 가전제품,

그리고 리클라이너와 패밀리 침대 같은 가구에 이르기까지. 가격대도 성능도 천차만별인 물건들을 고르는 일은 쉽지 않았다. 가장 큰 문제는 아내와 나의 소비 성향이 전혀 다르다는 사실이었다. 결혼한 지 벌써 7년이 조금 넘었지만, 알고 지낸 것으로 따지면 인생에서 서로를 알기 전보다 알고 난 이후의 기간이 더 긴데도 여전히 그렇다.

나는 예쁘고 저렴하지만 딱히 쓸데는 없는 물건을 종종 산다. 아내는 그러지 않는다. 나는 마트나 편의점에서 처음 보는 음료나 과자를 일부러 사 보는 편인데, 아내는 늘 먹던 것만 구매한다. 나는 '적은 돈을 막 쓰는 타입'이라고 할까. 반면에 아내는 쇼핑을 그리 즐기진 않지만 이왕 뭔가를 사겠다고 마음먹으면 가격이 조금 나가더라도 좋은 걸 사자는 주의고, 내 기준에는 너무 비싸서 엄두조차 못 내는 물건도 필요하다고 생각되면 과감하게 사 버리는 '쓸 땐 쓰는 타입'이다. 예를 들면 이런 식으로.

Q. 세면대 위에 놓는 비누 받침과 거울에 붙이는 비누 받침 중 당신의 선택은?

아내   아, 고민되네…. (그러면서 좀처럼 선택하지 못함)

나   두 개 다 사면 되지 뭘 고민해~

Q. 80만 원짜리 청소기와 130만 원짜리 청소기 중 당신의 선택은?

| 나 | 80만 원짜리. 청소기가 다 거기서 거기지. |
| 아내 | 130만 원짜리. 이왕 사는 거 성능도 좋고 오래 쓸 수 있는 것으로 골라야지. |

Q. 300만 원대 침대와 400만 원대 침대 중 당신의 선택은?

| 아내 | 조금 비싸긴 한데…. (이미 마음은 400만 원대 침대 쪽으로 기우는 중임) |
| 나 | (가격표를 연신 들여다보며) 꼭 둘 중에서만 고를 필요는 없지 않을까…. |

쓰고 보니 나는 가성비에 집착한다기보다 큰돈 쓰는 걸 무서워하는 것인지도 모르겠다는 생각이 든다. 어린 시절의 교육이나 환경의 영향일 수도 있고, 단순히 내 영혼이 가난해서일 수도 있다. 어쨌거나 큰돈을 쓰지 않으려면 적은 돈으로 큰돈 쓴 만큼 만족감을 주는 물건을 찾아야 하는데, 그게 바로 가성비다. 그리고 일일이 가성비를 따지는 건 무척 피곤한 일이다. 바로 여기에 딜레마가 있다. 가성비를 따지는 건 귀찮지만, 무시하면 죄책감이 든다. 그렇다면 나는 가성비를 싫어하는 게 아니라, 가성비에서 벗어나고 싶지만 그러지 못하는 스스로를 싫어하는 게 아닐까?

가성비로는 따질 수 없는 것, 가심비

그렇지만 역시 가성비라는 말은 싫다. 오해하면 안 된다. '가격 대비 성능의 비율'이라는 본래의 의미엔 불만이 없다. 가격이 있고 객관적인 성능을 비교할 기준이 존재한다면 얼마든지 가성비를 매길 수 있다. 가장 대표적인 예가 컴퓨터 CPU다. 정가와 벤치마크 성능을 비교하면 각 CPU의 가성비를 매겨서 순서대로 줄을 세울 수도 있다. 그러나 모든 물건이 그렇지는 않다. 사실, 그런 물건은 오히려 소수다.

가성비의 문제는 크게 두 가지다. 첫째, 가성비와 성능은 다르다. A라는 CPU는 가격이 3만 원인데 벤치마크 점수가 2,000점이고, B라는 CPU는 가격이 15만 원이지만 벤치마크 점수가 3,000점이라고 하자. 가격 차이는 5배인데 성능은 1.5배 차이가 난다. 가성비는 A가 압도적으로 좋지만, 성능은 B가 뛰어나다. 그런데 A로는 할 수 없고 B로만 할 수 있는 작업이 생긴다면? 이런 경우 가성비는 아무 의미가 없다. B로만 할 수 있는 작업 때문에 B를 사야 하는 사람들의 기분을 나쁘게 만드는 것 말고는….

둘째, 가성비와 가치는 다르다. 키보드를 생각해 보자. 1만 원짜리 멤브레인키보드와 15만 원짜리 기계식키보드는 같은 일, 즉 보통의 입력장치가 하는 일을 한다. 기계식키보드를 쓴다고 해서 더 좋은 글이 나오진 않으며, 원고가 빨리 완성되지도 않는다. 물론 기계식키보드 특성상 오타가 적을 수 있고(많을 수도 있음), 특유의 타건음이 만들어 내는 리듬감으로 작업능률이 오를 수 있다(떨어질 수도 있음). 따라서 두 키보드 사이의 차이를 성능 차라고 하기에는 좀 애매하다. 그보다는 사용하는 사람들이 부여하는 주관적인 가치의 차이에 더 가깝다. 1만 원이면 살 수 있는 키보드를 15만 원 주고 사는 게 누군가에겐 이해되지 않을 수 있지만, 다른 누군가는 15만 원짜리 키보드를 몇 대나 구비하고도 새로운 키보드를 찾아 여기저기 기웃거릴 수도 있는 것이다.

한마디로, 가성비라는 납작하고 획일적인 잣대로 모든 경험과 가치를 판단할 수 있다는 생각에 나는 반대한다. 물론 가성비라는 말이 널리 쓰이게 된 이유를 짐작하기는 어렵지 않다. 우리가 가진 돈은 언제나 너무 적고 사야 할 물건은 언제나 너무 많다. 게임에서 한정된 스킬 점수를 효율적으로 분배하기 위해 고심하는 것처럼, 적은 돈을 쪼개 가성비 좋은 물건을 효율적으로 구입하는 건 생존을 위한 필수적인 기술일 수 있다.

하지만 삶은 단순한 생존 이상의 것이다. 나는 지금 영화 〈소공녀〉(2018)의 주인공 미소(이솜 분)를 떠올린다. 가사도우미로 일하며 근근이 살아가는 미소는 고된 일과를 마친 뒤 한 잔의 위스키와 한 모금의 담배를 즐긴다. 좋아하는 위스키와 담배 가격이 점점 비싸지자 미소는 과감하게 집을 포기한다. 미소의 삶에서 위스키와 담배는 가성비라는 잣대로 따질 수 없는 것이다. 굳이 말하자면 그건 '가심비'(가격 대비 심리적 만족의 비율)의 영역에 있다. 한 잔의 위스키와 한 모금의 담배는 하루하루를 살아가게 해 주는 '갓심비' 아이템인 셈이다. 적어도 미소에게는.

가성비를 추구하는 사회

4년 전 "분명하게 말하지만 나는 가성비라는 말이 싫다"라는 문장을 쓸 때, 나는 택시의 가성비에 대해 생각했다. 택시는 대중교통보다 훨씬 비쌀뿐더러, 운이 나빠서 교통체증에 갇히거나 일부러 돌아가는 기사를 만나면 시간도 오히려 더 오래 걸린다. 그런데도 나는 택시 타기를 즐기는 스스로를 변호하며 이렇게 썼다.

우리는 모두 어딘가로 가려 한다. 물론 우리는 그곳이 아닌 지금 이곳에 있다. 여기와 저기. 그러나 저기까지 가는 길을 정하는 건 내가 아니다. 돌아갈 수도 있고, 아무것도 아닌 곳에서 길을 잃을 수도 있다. 심지어 전혀 다른 곳에 도착하기도 한다. 매 순간 우리는 원하지도 상상하지도 못했던 지점들을 지난다. 우리가 원하는 곳으로 가고 있기를 희망하면서…… 그것이 기본적으로 내가 인생을 바라보는 방식이다. 내 생각에, 택시도 비슷하다. 그러니 요금 얼마 더 내는 게 뭐 그리 대수겠는가? 심지어 목적지에 늘 데려다주는데.
택시의 세계에 가성비는 필요 없다. 그것이 내가 택시 일지에 요금을 적지 않는 이유다.[14]

나이를 먹으며 가성비가 더 싫어지는 건 노화만큼이나 자연스러운 일인지도 모르겠다는 생각도 든다. 예전에는 맛있기만 하던 적당한 가격대의 음식들이 더는 맛이 없다. 그럭저럭 입을 만했던 중저가 브랜드의 옷을 사 입고 거울을 보면 후줄근하게 보이기만 하는 내가 있다. 책을 읽고 TV를 보고 음악을 들어도 예전만큼 즐겁지 않다. 예전에는 5시간이면 하던 일에 이제는 10시간 또는 그 이상의 시간을 들여야 하지만 작업의 질은 오히려 예전보다 못한 것 같다.

지금 이 글을 쓰는 동안 나는 스트레스를 해소하려고 저소음 적축 키보드와 XDA PBT 키캡과 키보드 파우치 등을 마구잡이로 사들이며 '금융 치료'를 해야 했다. 그 비용만으로도 이 글을 쓰고 받을 원고료를 이미 훌쩍 넘겼다. 가성비의 반대말을 의인화한다면 바로 내가 될 것이다.

가성비를 추구하는 사회는 효율성을 최우선으로 생각하는 사회다. 필요하다면 사람을 갈아 넣기를 주저하지 않는 사회이기도 하다. 그곳에서 사람의 영혼은 가난해질 수밖에 없다. 그렇게 가난해진 우리는 더더욱 가성비에서 벗어날 수 없다. 이게 내가 가성비를 싫어하는 이유다.

2장

새로운 시대, 새로운 기준이 되는

비혼

결혼은 멋진 발명품이지만

"결혼한 여성이 결혼에 대한 글을 쓴다는 생각은 나를 메스껍고 당황스럽게 한다. 얼마나 진부한 시간 낭비인지!" 미국의 영화감독·배우·가수·공연예술가 겸 작가인 미란다 줄라이 Miranda July는 말한다. "하지만 그 안에 도전이 있다. 바로 이 수치심이라는 도전이."[1]

결혼한 남성이 결혼에 대한 글을 쓴다는 생각 역시 나를 메스껍고 당황스럽게 한다. 기혼남성이 말하는 결혼 이야기란 대체로 뻔하지 않던가? '결혼은 인생의 무덤' 운운하는…. 여기엔 어떤 도전도 없다. 다만 뻔뻔함이 있을 뿐이다. 아니면 자기 자신과 본인의 인생에 대한 대단한 착각이 있거나.

나는 결혼한 남성이지만, 미리 변명하자면 이 글은 결혼에 관한 글이 아니다. 결혼하지 않는 것에 대한 글도 아니다. '비혼(非婚)'이라는 신조어를 말하는 글이다. 물론 비혼을 신조어라고 부를 수 있는지에 대해서는 논란의 여지가 있다.

오래된 신조어, 비혼

네이버 뉴스에서 "비혼"을 검색하면 3만 2,683건(2021년 12월 31일 기준)의 기사가 나온다. '오래된 순'으로 정렬하면 2000년에 작성된 세 건의 기사가 최상단에 나열되는데, 그중 2000년 12월 28일 자 《국민일보》의 「非婚' 시대」라는 기사는 다음과 같이 시작한다.

> 지난달 별세한 고황경 박사의 부음 기사들 가운데 고인을 '미혼'으로 표현한 글이 있었다. 서울여대를 창립한 우리나라 여성 교육의 선구자로, 또 여성운동과 각종 사회사업에 큰 자취를 남긴 여성 활동가로 헌신하느라 평생 결혼하지 않았던 분인 만큼 아주 틀린 말은 아니다. 하지만 향년이 97세인 고인에게 '미혼'이라⋯. 차라리 '독신' 아니면 요즘 말로 '비혼'이라고 했으면 좋았을 것을.

2000년 당시 "요즘 말로 '비혼'"이라고 쓴 걸 보면 아무리 적게 잡아도 20년은 넘은 단어다. 그런데 신조어라니? 이게 신조어라면 2000년 이후에 태어난 사람은 무슨 신생아란 말인가?

왜 다시, 비혼?

이번에는 2020년 9월 2일 자 《한겨레》의 「미혼→비혼, 유모차

→유아차, 학부형→학부모」 기사를 보자. 서울시여성가족재단이 법령이나 행정 용어 등에 남아 있는 성차별 언어를 시민 제안으로 바꾸자는 「서울시 성평등 언어사전 시즌 3」을 9월 1일에 발표했음을 알리는 기사다. 시민 821명이 온라인 설문조사로 개선안 1,864건을 제안했고, 국어학계 및 여성학계의 전문가로 구성된 자문 회의를 거쳐 법령과 행정 용어 속 성차별 단어와 삭제가 필요한 법 조항을 선정했는데 구체적인 내용은 다음과 같다.

> 제안에서 시민들은 경찰·해양경찰 의식 규칙 등에 있는 '학부형'은 '학부모'로 바꿔 쓰자고 제안했다. 학부형은 '학생의 아버지나 형'이라는 뜻으로 학생의 보호자를 이르는 말인데, 학생의 보호자는 아직도 아버지와 형만 되느냐는 것이다. 저출산·고령사회기본법 등에 기재된 '저출산'은 '저출생'으로, 민법과 가족관계등록법 등의 '자', '양자', '친생자'는 각각 '자녀', '양자녀', '친생자녀'로 바꾸자고 제안했다. 저출산은 출산율 감소와 인구문제의 핵심이 여성에게 있다고 오인시킬 수 있고, '자'는 남성 중심 가족문화가 바뀌는 현실을 반영하지 못하고 있다는 취지에서다. 한부모가족지원법 등에 나오는 '미혼'도 '비혼'으로 고쳐 쓰자는 의견도 제시됐다.

『표준국어대사전』에 따르면 '미혼(未婚)'은 "아직 결혼하지 않음. 또는 그런 사람"을 가리킨다. '아직'이라는 부사에서 '언젠가는 결혼을 하겠지만 아직 하지 않음' 혹은 '결혼을 하고 싶지만 아직 하지 못함' 같은 뉘앙스가 강하게 느껴진다. 반면에 비혼은 한자 '아닐 비(非)'와 '혼인할 혼(婚)'의 조합으로 '결혼하지 않음'이라는 현재의 객관적인 상태를 일컫는다. 영어의 'unmarried'라는 단어와 같다(미혼은 'not-yet-married' 정도가 될 것이다).

따라서 한부모가족지원법에 '미혼'이라는 단어가 쓰이는 것은 적합하지 않다. '아직 결혼하지 않은 어머니나 아버지(미혼모나 미혼부)'가 아니라 '결혼하지 않은 어머니나 아버지(비혼모 혹은 비혼부)'라고 하는 것이 이치에 맞기 때문이다. 불필요한 부사를 사용하길 죽기보다 싫어하던 미국의 소설가 어니스트 헤밍웨이Ernest M. Hemingway가 무덤에서 뛰쳐나올 일이다.

하지만 어찌 된 일인지 거의 모든 영한사전은 'unmarried'를 '미혼의'로 번역했고, 『표준국어대사전』에는 '비혼'이라는 단어가 아예 등재되어 있지 않다. 그러니 많은 법령과 행정 용어가 '비혼'이 들어가야 할 자리에 여전히 '미혼'을 고집한다는 사실이 딱히 놀랍지는 않다. 「서울시 성평등 언어사전」에서 2018년에 이어 2020년까지 두 번이나 미혼을 비혼으로 바꿀 것을 제안했는데도 여태 반영되지 않았다는 사실은 조금 놀랍긴 하지만….

정상가족 이데올로기

다시 네이버 뉴스 검색 결과로 돌아가 보자. "비혼"으로 검색해서 나온 3만 2,683건 가운데 2000년 1월에서 2009년 12월 사이에 작성된 기사는 481건에 불과하다. 98%를 넘는 기사가 2010년 이후 작성됐다는 뜻이다. 그중 2020년 이후에 나온 무려 1만 3,844건이다.

2000년대 10년 동안 작성된 기사의 30배에 가까운 기사가 2년 사이에 쓰였다. 또 과거에는 대부분 사회면이나 논설·칼럼 등에만 등장하던 단어가 이제는 연예·생활면에 더 자주 나타난다. 비혼을 선언한 연예인, 비혼인 주인공이 등장하는 드라마와 영화, 비혼을 위한 인터넷카페와 생활용품 등등. 초기에는 소수만 쓰던 단어가 널리 퍼지며 대중문화와 사람들의 일상적인 언어생활에까지 자연스럽게 녹아든 것이다. 그러니 비혼은 신조어가 맞다. 좀 오래된 신조어라고 해야겠지만….

대기만성형이라고 해야 할까. 이 코너에서 다룬 다른 신조어가 대부분 비교적 단시간에 인기몰이를 하며 널리 유행한 것과 달리, '비혼'이라는 신조어는 오랜 시간을 두고 차츰차츰 입지를 넓히는 중이다. 심지어 있어도 그만이고 없어도 그만인 대부분의 신조어와 다르게 꼭 필요한 단어인데도!

이는 '결혼'이라는 제도, 그것과 이어진 '정상가족 이데올로기'가 그만큼 우리 사회에 깊숙이 뿌리내렸기 때문일 것이다. 위키백과에 따르면 "사회에서 말하는 '정상가족'이란 아빠, 엄마, 그리고 정상 자녀로 이루어져 있는 전형적인 핵가족 형태의 가족을 말한다. 사회에서는 이게 이상적인 가족의 모습이고, 이러한 가족의 모습에서 조금 다른 형태의 가족이나 가령 기러기아빠, 무자녀가족, 입양가족, 동거가족, 조손가족, 동성결혼가족과 같은 가족들을 비정상적으로 본다는 메시지를 함의하고 있다."

이런 정상가족 이데올로기엔 두 가지 문제가 있다. '정상'이라는 문제와 '가족'이라는 문제다. 간단히 말하자. 프랑스의 철학자 미셸 푸코Michel Foucault가 일찍이 간파한 것처럼 '정상'이라는 개념은 '정상'과 '비정상'을 나눔으로써 '비정상'이라고 낙인찍은 사람들을 억압하고 차별하는 하나의 폭력이다.

가족 또한 마찬가지다. 사회가 변화하면서 가족의 형태와 기능 또한 변해 가고 있다. 다시 말해 가족은 고정불변의 가치가 아니며, 더 이상 (이성 간) 결혼이라는 제도를 통해서만 만들어지지도 않는다. 많은 사람이 '생활동반자법' 입법을 주장하는 이유도 그래서다. 다만 사회통념이 변화를 좇아가지 못할 뿐이다.

오해하면 안 된다. 나는 결혼을 하지 말라고 주장하거나 '결혼은 인생의 무덤' 운운하는 한심한 이야기를 반복하려는 게 아니다. 모든 사람이 결혼할 필요는 없으며, 남녀 커플만 결혼할 수 있는 것도 아니고, '정상가족'이라는 개념은 생각만큼 '정상'이 아니라는 당연한 말을 하고 싶을 뿐이다.

영국의 배우 빌리 코널리 Billy Connolly 는 언젠가 이렇게 말했다.
"결혼은 멋진 발명품이지만, 그러고 보면 자전거 수리 도구 세트도
마찬가지다." 내 말이!

국룰

선택의 자유로 고통받을 운명이라니

신조어를 다루는 이 책의 기획에 두 가지 문제가 있다는 사실을 나는 뒤늦게 깨달았다.

1. 세상에 신조어가 너무 많다.

2. 내가 아는 신조어가 너무 적다.

우리는 인류 역사상 신조어가 만들어지기 가장 좋은 환경에 살고 있다. 하나의 단어가 새롭게 생겨나고 널리 전파되어 사람들의 입에 오르내리기까지의 시간과 단계가 지금처럼 빠르고 간소했던 적도 없다. 물론 인터넷 덕분이다. "발 없는 말이 천 리 간다"라는 말도 이젠 옛말이다. 요즘 발 없는 말은 지구를 돈다.

그렇다고 해서 모든 사람이 신조어를 공유하는 것은 아니다. 인터넷을 하지 않거나 할 수 없는 사람이 아니더라도, 온라인의 우리는 저마다 작은 그룹으로 나뉘어 있기 때문이다. 자주 가는 커뮤니티나 게시판이 다를뿐더러, 같은 SNS를 이용해도 각자 구성한 타임라인은 제각각이다. 이 글을 읽는 당신과 나와 제45대 미국 대통령 도널드 트럼프Donald J. Trump 모두 트위터 중독자라고 가정했을 때(트럼프 대통령과 나는 가정이 아니지만) 우리는 24/7 트위터에 상주하면서도 사실상 서로 다른 피드, 전혀 다른 신조어들을 보고 있다는 뜻이다. 그리고 내 타임라인으로 말하자면, 신조어를 보기 쉽지 않은 타임라인이라고 해 두자. 나만큼이나 연륜 있는 이용자들로 가득한….

별다줄이야 정말!

네이버 검색창에 '신조어'를 입력하면 '신조어 테스트'가 자동완성된다. 머선129, 레게노, 오저치고, 슬세권, 싫존주의, 내또출, 꾸안꾸, 비담, 삼귀다, 업글인간, 좋댓구알, 킹받네, 갑통알 같은 신조어 가운데 몇 개나 알고 있느냐고 묻는 페이지들이 화면을 가득 채운다. 스크롤을 내리며 커닝하던 나는 내 마음을 고스란히 옮긴 것 같은 신조어를 발견한다. '별걸 다 줄인다'를 줄인 '별다줄'이라는 단어다.

다시 말하지만, 신조어가 너무 많다. 심지어 '신조어 테스트'라는 제목을 단 페이지마다 신조어 목록이 조금씩 (때론 전혀) 다르기까지 하다. 이 글을 쓰기 위해 그중 하나를 선택해야 하는 나는 곤란해진다. 무슨 단어를 골라야 하지? 어떤 단어도 크게 와닿지 않고, 구태여 줄이고 조합해서 새롭게 만들어야 할 이유를 알 수 없는 말이 태반인데? 이 가운데 이 책을 읽을 독자들이 좋아할 만한 신조어가 무엇인지 알 방법은 없지 않나? 그렇다면 이 책은 여기서 끝을 내야 하는 게 아닐까? 지금까지 『그래서... 이런 말이 생겼습니다』를 읽어 주신 독자 여러분께 진심으로 감사드립니다…. 아니, 잠깐만요, 그럼 나야 좋긴 한데….

모든 것이 선택이다

앞서 말한 두 가지가 이 글만의 문제가 아니라는 사실을 나는 (이번에도) 뒤늦게 깨달았다. 그것은 실은 한 가지 문제이며, 우리가 일상에서 마주하는 적지 않은 문제와 같은 형식을 공유한다. 이런 식이다.

세상에 ○○이/가 너무 많다. 그리고 내가 아는 ○○은/는 너무 적다. (혹은 내가 ○○에 대해 아는 것은 너무 적다.)

지난 주말, 아내와 함께 해물찜을 먹으려고 배달 앱을 열었다. 우리 동네에 해물찜을 파는 음식점이 그렇게 많은지 처음 알았다. 그리고 우리는 하마터면 저녁을 거를 뻔했다. 수많은 음식점 가운데 어디에 주문해야 할지 좀처럼 결정할 수 없었던 것이다. 대단한 해물찜을 원한 것은 아니었다. 그저 '아는 맛'을 원했을 뿐이다.

적지 않은 배달 음식점이 아는 맛도 내지 못한다는 사실을 경험으로 알았지만, 그런 곳을 피하는 방법은 알 수가 없었다. 가게마다 달린 평점도 큰 도움이 되지는 않았다. 대부분 업소가 리뷰 이벤트라는 미명으로 평점을 관리하기도 하거니와, 영혼 없는 별

다섯 개 사이사이에 진정성 가득한 별 한두 개짜리 악평이 섞인 빈도도 엇비슷했기 때문이다.

한참을 고민하던 우리는 배가 고파 더 이상 참을 수 없을 지경이 되어서야 겨우 주문을 완료했고, 쓰러지기 일보 직전에 음식을 배달받았다. 맛은? 아는 맛이었다. 그러나 그 맛은 그리 만족스럽지 않았다. 고작 아는 맛을 위해 그렇게 오랜 시간 스마트폰을 들여다보며 고민했어야 했나, 하는 생각이 들어서였다.

비슷한 일들이 반복된다. 마트에서 평범한 간장을 찾다가, 무난한 블루투스스피커를 사려고 인터넷 검색을 하다가, 아기용품점에서 적당한 수저 세트를 고르다가, 그 밖에 수백 개의 특별할 것 없는 물건을 사려고 하다가….

비슷한 듯 비슷하지 않은 제품들 사이를 오가며 적잖은 시간을 버리고 난 뒤에야 나는 한 가지 사실을 깨달았다. 세상에는 온갖 종류의 간장과 블루투스스피커와 아기 수저 세트가 있다. 다만 평범하거나 무난하거나 적당한 것이 없을 뿐이다. 최소한 직접 사용해 보기 전에 그것을 알아낼 방법은 없다. 사람들의 리뷰를 검색해도 별반 도움이 되지 않기는 마찬가지다. 같은 제품을 두고서 누군가는 '갓템'이라 하고, 다른 누군가는 쓰레기라 한다면 둘 중 누구의 말을 들을 것인가?

이것은 결국 선택의 문제다. 언제나 선택지는 너무 많고, 선택의 근거는 너무 적다. 그 사실이 오늘도 나를 힘들게 한다.

평온과 용기와 지혜를 위하여

슬로베니아 출신의 철학자 레나타 살레츨Renata Salecl은 『선택이라는 이데올로기』(2014, 후마니타스)에서 지나친 '선택의 자유'가 우리를 불행하게 만든다고 말한다. 고도로 발달한 소비사회를 사는 우리는 삶의 모든 것을 합리적 선택의 문제로 인식한다. 마치 더 싸고 좋은 상품을 찾아 '합리적인 소비'를 하는 것처럼, 모든 부분에서 우리가 충분히 합리적인 선택을 내리기만 한다면 완벽한 결론에 도달할 수 있을 거라고 생각하는 식이다. 살레츨은 말한다. "우리는 현시점에서의 완벽을 추구할 뿐만 아니라 미래에도 완벽하기를 원하기 때문에 선택은 훨씬 힘들어진다. 선택은 압도적인 책임감을 느끼게 하고 이는 실패에 대한 두려움, 그리고 선택을 잘 못했을 때 발생할 죄책감과 불안, 후회와 밀접한 관련이 있다. 이 모든 것이 선택의 독재적 측면에 기여한다."[2]

'선택 이데올로기'는 우리를 불안감과 부족감(부적절하며 남보다 못하다는 느낌)에 시달리게 만든다. 나아가 우리를 괴롭히는 그런 감정들까지도 우리의 잘못된 선택 때문이라고 믿게 한다. 완벽한 선택이라는 환상이 우리를 '합리적 선택을 해야 한다는 강박과 불안' 그리고 '잘못된 선택을 했다는 죄책감과 불만' 사이에서 왕복운동을 하도록 만드는 것이다. 결국 그 속에서 낭비되는 것은 우리의 삶이다.

이제 신조어가 등장할 차례다. 그건 바로 '국룰'이다. 처음에는 그 단어의 모든 것이 이상하게 느껴졌다. 국물을 연상하게 하는 발음도, '국민'이라는 단어와 '룰'이라는 단어의 조합도, 고작해야 세 글자를 굳이 두 글자로 줄였다는 점도, 한때 대세나 진리라는 단어가 쓰이던 자리를 국룰이라는 단어가 대체했다는 사실까지 무엇 하나 마음에 들지 않았다. 대세는 따르지 않으면 그만이고 진리는 추구하지 않으면 그만이지만, 국룰은 지키지 않으면 안 될 것 같고 그것이 내게는 일종의 폭력처럼 여겨졌다. 획일화라는 폭력.

하지만 이제는 생각이 조금 달라졌다. 폭력이라기보다는 선택 이데올로기의 폭력으로부터 스스로를 지키기 위한 방어기제에 더 가깝게 느껴진다. 물론 국룰이 언제나 합리적인 선택을 할 수 있도록 보장해 주진 않는다. 그러나 최소한 우리가 수많은 선택지 사이에서 길을 잃고 불안에 떨며 시간을 낭비하지 않도록 도울 순 있다. 그리고 선택이 잘못됐을 때 느끼게 될 불필요한 죄책감을 덜어 줄 수도 있다.

그렇다고 모든 사람이 국룰을 따라야 한다는 말은 아니다. 영국의 시인 새뮤얼 존슨Samuel Johnson은 언젠가 이렇게 말했다. "어떤 인생을 선택할까 궁리하느라 살아가는 일 자체를 망각해서는 안 된다." 그렇다면 국룰은 어떤 인생을 선택할까 궁리하느라 살아가는 일 자체를 망각한 사람에게 도움을 줄 수도 있지 않을까?

살아가며 우리는 선택을 피할 수 없다. "인생은 B(Birth, 출생)와 D(Death, 죽음) 사이의 C(Choice, 선택)"이고, "인간은 자유롭도록 선고받았다"는 프랑스의 철학자 장 폴 사르트르_{Jean Paul Sartre}의 말마따나(전자는 그의 말이라고 잘못 알려진 작자미상의 말이지만) 우리는 죽을 때까지 선택의 자유로 고통받아야 하는 운명인지 모른다. 하지만 선택이 모든 것은 아니다. 우리는 개인적인 선택만큼이나 사회적이고 자연적인 힘들의 영향을 받으며 살아간다. 구조적인 문제에는 눈을 돌린 채 개인의 선택만을 과도하게 찬양하는 문화에서 국룰이라는 신조어가 유행하는 현상은 어쩌면 당연한 반작용이다.

우리에게 필요한 것은 모든 선택을 완벽히 할 수 있는 능력이 아니라, (미국의 신학자 라인홀드 니부어의 유명한 기도문을 빌리면) "우리가 바꿀 수 없는 것을 받아들이는 평온"과 "바꿔야 할 것을 바꿀 수 있는 용기", 그리고 "이 둘을 분별하는 지혜"일 테다. 오랜만에 지나치게 진지해서 웃음이 나오는 부조리극처럼 말하자면, 평온과 용기와 지혜가 국룰이다….

뉴트로

우리를 둘러싼 과거가 너무 많아서

유튜브 알고리즘에 내 고막을 맡긴 지도 벌써 몇 해째다. 구글의 인공지능이 내게 추천하는 건 많게는 수십 년, 적게는 한두 철쯤 지난 노래다. 밀린 학습지를 풀듯 밀린 노래를 복습하는 셈이다. 한때 나는 가요를 거의 듣지 않는 사람이었는데, 이젠 어떤 노래를 들으면 그 노래가 유행하던 시기의 기억들이 생생하게 떠오른다. 정작 나는 그 시절에 그 노래를 듣지 않았는데도.

최근엔 유튜브가 틀어 준 아이유의 노래 〈시간의 바깥〉(2019)을 듣다가 고개를 갸웃했다. '시간의 테두리 바깥에서 과거를 먹지 않고 산다면'이라는 가사 때문이었다. 가사가 잘 이해되지 않아서는 아니었다. 너무 잘 이해된다는 게 문제였다. 음악은 물론이고 영화, 드라마, 책, 심지어 게임에 이르기까지 내가 듣고 보고 읽고 하는 대부분은 과거의 작품들이니까. 이해할 수 없는 건 아이유가 그런 가사를 노래한다는 사실이었다. 과거를 먹고 사는 건 나 같(이 늙)은 사람이지, 아이유가 아니지 않나?

과거를 먹지 않고 산다면

의문은 바로 풀렸다. 알고 보니 정확한 가사는 "시간의 테두리 바깥에서 과거를 밟지 않고 선다면"이었다. 시간여행을 모티프로 삼은 〈너랑 나〉(2011)의 후속곡으로, 시간의 제약에서 벗어난 두 사람을 노래했다고. 그럼 그렇지. 사실 내가 노랫말을 엉뚱하게 들은 게 이번이 처음은 아니다. 창모의 〈METEOR〉(2019)에서 "난 네게 처박힐 Meteor야"를 '난 네게 정확히 몇 티어(tier)야'로 들었고, 원슈타인의 〈적외선카메라〉(2020)에서 "Look at your jeans, hot stuff"를 'Look at 했지 my star'로 듣기도 했다. 중학생 시절, 〈데몰리션 맨〉(1993)을 보러 극장에 간다는 친구에게 '대머리 소년'이라는 영화도 있냐고 물었다던 친구 어머님처럼….

그런데 평소와 달리 내가 멋대로 개사한 가사가 좀처럼 귓가를 떠나지 않았다. 정확한 가사를 알고 난 뒤에도 여전히 '과거를 먹지 않고 산다면'이라는 아이유의 목소리가 들렸다. 〈놀라운 토요일: 도레미마켓〉(2018~)이 우리에게 주는 교훈, 즉 '아는 대로 들린다'는 법칙도 통하지 않았다. 어째서?

아마 그건 내가 과거를 먹지 않는 삶이 무엇인지 좀처럼 상상할 수 없기 때문일 테다. 가정의 형태로 제기된 질문이 풀리지 않는 의문이 되어 귀를 맴돌고 있다. 처음엔 순전히 내 문제라고 생각했다. 하지만 이내 온라인 탑골공원, 숨듣명(숨어 듣는 명곡, 유튜브 채널 〈문명특급〉의 콘텐츠), 양준일 등이 떠올랐고 경연프로그램과 오디션프로그램, 예능프로그램을 통해 끊임없이 불리는 명곡들과 〈응답하라〉 시리즈처럼 대놓고 과거의 향수를 자극하는 드라마들과 리메이크·리부트·재개봉되는 영화들이 생각났다. 과거를 먹지 않고 살기에는, 우리를 둘러싼 과거가 너무 많다!

레트로와 뉴트로의 차이

'뉴트로'는 새롭다는 의미의 '뉴(new)'와 복고를 뜻하는 '레트로 (retro)'를 합친 신조어다. 2018년 무렵부터 쓰이기 시작해서 이제는 레트로나 복고라는 단어보다 더 널리 사용되고 있다. 네이버 지식백과는 "레트로가 과거를 그리워하면서 과거에 유행했던 것을 다시 꺼내 그 향수를 느끼는 것이라면, 뉴트로는 같은 과거의 것인데 이걸 즐기는 계층에겐 신상품과 마찬가지로 새롭다는 의미를 담고 있다"라고 말한다. 어필하는 대상과 대상이 느끼는 감정이 다르다는 뜻이다.

하지만 레트로와 뉴트로의 차이는 생각만큼 분명하지 않다. 2008년 레트로를 표방하며 나온 원더걸스의 노래 〈노바디〉가 중장년층의 향수를 자극했다고 말하긴 힘들다. 1970년대에 유행한 부츠컷(boots cut)이 1990년대에 다시 유행했고, 최근 몇 년 사이 또다시 유행하는 현상을 두고 1990년대의 유행은 1970년대에 대한 향수에 기반한 레트로였지만 최근의 유행은 과거와 감정적으로 이어지지 않은 뉴트로라고 딱 잘라 말할 수는 없는 노릇이다.

영국의 음악평론가 사이먼 레이놀즈Simon Reynolds는 21세기 대중음악을 지배하는 회고적 경향을 분석한 저서 『레트로 마니아』(2017, 작업실유령)에서 이미 "레트로 감수성의 마지막 특징은 과거를 이상화하지도, 감상적으로 대하지도 않는다는 점, 오히려 과거에서 재미와 매혹을 찾는다는 점"이라고 지적한 바 있다. "레트로는 재활용과 재조합을 통해 ― 문화적 잡동사니의 브리콜라주(bricolage)를 통해 ― 하위문화 자본, 다른 말로 힙한 스타일을 추출할 자료실로서 과거를 이용한다."[3]

그렇다면 내 생각에 레트로와 뉴트로의 차이는 하나다. 바로 규모다. 과거에는 복고적인 감성이 패션이면 패션, 음악이면 음악, 영화면 영화 각각의 분야에서 서로 독립적으로 시차를 두고 유행했다면, 지금은 대중문화를 포함해 우리가 소비하는 문화 전반에서 동시다발적으로 일어나고 있다는 뜻이다.

"물론 과거에도 흘러간 시대에 집착하는 움직임은 있었다. 고대 그리스·로마 문명을 숭배한 르네상스나 중세를 들먹인 고딕 리바이벌 등이 대표적이다. 그러나 가까운 과거에 이토록 집착한 사회는 인류사에 없었다."[4] 이유가 뭘까? 레이놀즈는 말한다. "가까운 과거에 이토록 집착한 사회가 없었던 것처럼, 가까운 과거를 이토록 쉽고 풍성하게 접할 수 있는 사회도 전에는 없었다."[5] 한마디로, 모든 게 유튜브(로 대표되는 인터넷) 때문이다. 바로 그곳이 우리가 파먹는 과거가 한가득 쌓여 있는 공간이다.

예를 들어 보자. 최근 나는 아내와 함께 VOD로 〈SHOW ME THE MONEY 9〉(2020)을 정주행했다. '디스 배틀' 편에서 〈Control〉(2013)이라는 노래의 비트에 랩을 하는 스윙스를 본 나는 유튜브에서 'Control 대전'을 검색했고, 2013년 국내의 유명 래퍼들이 참전한 'Control 비트 디스 대전'을 설명한 1시간짜리 영상을 보았다. 그러면서 이센스, 개코, 사이먼 도미닉(쌈디)처럼 디스전에 직접 참여하거나 제이통처럼 디스전에서 언급된 래퍼들의 노래를 찾아 듣게 되었고, 유튜브 자동 추천 알고리즘에 의해 래퍼들이 출연한 힙합 예능프로그램을 이것저것 깔짝거렸으며, 넷플릭스에서 미국의 래퍼 닥터 드레Dr. Dre와 음반 제작자 지미 아이어빈Jimmy Iovine의 성공담을 담은 다큐멘터리 시리즈 〈비트의 승부사들〉(2017)을 보는 것으로도 모자라, 힙합의 역사를 다룬 다큐멘터리 시리즈 〈힙합 에볼루션〉 시리즈까지 몰아 보았다. 그러는 동안에도 틈틈이 옛날 '국힙' 노래들을 찾아 들었고, 그중 프라이머리의 비트에 이센스가 피처링한 〈독〉(2012)이라는 노래에 꽂혀 수십 번씩 반복 재생하면서, 이센스와 쌈디가 함께했던 힙합 듀오 슈프림팀(Supreme Team)의 결성과 해체를 둘러싼 뒷이야기들을 찾아보았다. 그러다가 쌈디를 비롯한 1984년생 래퍼들이 출연한 힙합 예능프로그램을 보았고, 내친김에 1984년을 배경으로 하는 영화 〈원더우먼 1984〉(2020)를 보기도 했다. 단지 '1984'라는 연도가 겹친다는 이유로….

뉴트로, 유행일까 새로운 기준일까

정말이지 과거가 너무 많다. 온라인에 방대하게 축적된 과거의 유물은 마치 개미지옥 같아서 한번 빠지면 좀처럼 빠져나오기가 쉽지 않다. 지난 며칠 동안 내가 그랬던 것처럼.

몇 가지 이유가 있다. 먼저 미래가 점점 더 불확실해지고 불안정해지기 때문에 사람들이 과거를 미화하며 거기에 빠져든다고 말할 수 있다. 선택지가 지나치게 늘어남에 따라 실패에 대한 부담을 최소화하기 위해 이미 검증된 것들로 눈을 돌린다고 말할 수도 있다. 누구나 쉽게 과거의 콘텐츠에 접근할 수 있게 되면서 재평가와 재발견이 이어졌고, 이에 생산자들도 수익을 보장하기 힘든 새로운 콘텐츠에 투자하기보다는 이미 가지고 있는 자산을 우려먹기로 한 것이라는 설명도 가능하다. 새로운 세대는 인구도 적고 가난하기 때문에 제작자들이 쪽수도 많고 경제력도 있는 7080세대를 대상으로 한 콘텐츠를 계속해서 만들 수밖에 없는 상황에 처했다는 분석은 또 어떤가?

나는 사이먼 레이놀즈를 따라, 우리가 거스를 수 없는 '자연스러운' 순환 속에 있다고 말하고 싶은 충동을 느낀다. 모든 생명체가 그렇듯 문화나 예술 역시 탄생해서 폭발적으로 성장하는 청년기와 안정적으로 유지되는 장년기를 거쳐 서서히 쇠퇴하는 노년기에 접어들게 마련이다. 어느 순간부터 새로운 것을 만들기보단 좋았던 시절을 추억하며 사는 사람들처럼, 우리의 문화 또한 새로운 것을 창조해 내기보다는 과거에 기반한 재창조에 몰두하는 시기로 접어들었는지도 모른다. 그렇게 보면 뉴트로는 일시적인 유행이 아니라 우리가 처한 문화적 조건의 새로운 기준이라고 할 수 있다. 뉴트로가 아니라 뉴노멀(new normal)인 것이다.

그래서 뭐? 새로운 시대에는 새로운 기준이 있는 게 당연한 일 아닌가? 굳이 과거의 기준에 맞춰 현재를 판단할 필요가 있나? 그 말도 맞다. 다만 레이놀즈는 미래를 걱정한다. "오늘날 음악에서 미래의 복고와 레트로에 자원을 보급해 줄 만큼 비옥한, 즉 충분히 독창적인 음악이 있을까? 재활용이 어떤 기점을 넘어서면, 그 재료도 더는 사용가치를 뽑아낼 수 없을 정도로 분해돼 버릴 텐데?"[6] 이건 꼭 음악에 국한된 이야기만은 아니다. 유전이나 탄광처럼, 아무리 위대한 작품이나 개념이라도 언젠가 고갈되는 순간이 온다. 그런데 만약 더 이상 새로운 작품이 없다면? 같은 탄광만 파고 또 파서 약해진 지반처럼 모든 것이 폭삭 무너져 내린다면? 그때 우리는 어디서부터 시작할 수 있을까? 시작이라는 게 가능은 할까?

물론 이건 모두 쓸데없는 생각인지 모른다. 미래는 누구도 예측할 수 없고, 꼭 봐야 할 유튜브 클립만 챙겨 보기에도 하루가 너무 짧다.

스불재

누구도 구원해 주지 않는다

분명 처음 듣는데 예전부터 잘 알고 있던 것처럼 친숙하게 느껴지는 단어가 있다. 내겐 '스불재'가 그런 단어다. 듣는 순간 머릿속에서 "스스로 불러온 재앙에 짓눌려 탄식은 하늘을 가리우며 멸망의 공포가 지배하는 이곳, 희망은 이미 날개를 접었나"라는 가사의 노래 〈Lazenca, Save Us〉(1997)가 자동 재생되었기 때문은 아니다. 그렇다고 해서 자동 재생되지 않았다는 말도 아니지만⋯.

스불재와 사반세기 전의 나

〈영혼기병 라젠카〉가 처음 공중파를 탄 건 1997년의 일이었다. 26억 원이라는, 당시로선 어마어마한 제작비가 들어간 국산 TV 애니메이션. PC용 게임 및 프라모델 동시 발매와 유명 밴드 넥스트(N.EX.T)의 사운드트랙 참여로 공개 전부터 많은 화제를 모았지만, 막상 방영이 시작되자 엉성한 완성도 탓에 맹렬한 비난을 받으며 '폭망'. 지금까지도 한국 애니메이션의 대표적인 흑역사 가운데 하나로 남아 있다.

그때 나는 고등학교 1학년이었는데, 〈영혼기병 라젠카〉를 시청한 기억이 도무지 없다. 한 번도 본 적이 없는 걸까, 아니면 너무 허접했던 나머지 기억에서 지워 버린 걸까? 다만 친구들과 함께 노래방에서 〈해에게서 소년에게〉, 〈먼 훗날 언젠가〉, 〈The Hero〉 같은 노래를 부르던 기억은 있다. 모두 〈영혼기병 라젠카〉 OST로 발표된 넥스트 4집 앨범의 수록곡이다. 물론 〈Lazenca, Save Us〉도 빼놓을 수 없다.

"둥둥! 라젠카~ 둥둥! 세이브 어스~ 둥둥! 라젠카~ 둥둥! 세이브 어스~" 노래방을 쩌렁쩌렁 울리던 드럼 소리에 맞춰 마이크를 붙잡고 고래고래 소리 지르던 열일곱 살의 나는 미처 알지 못했다. 자신이 지금 부르고 있는 노래의 가사를 줄인 '스불재'라는 말이 머나먼 미래의 어느 시점에 유행하리라는 것을. 중년이 된 내가 '스불재'라는 단어를 들으며 뼈를 맞는 듯한 고통을 느끼리라는 것을. 그리고 라젠카는 우리를 구원해 주지 않는다는 것을….

어느새 마흔한 살이 된 나는 내 인생 자체가 하나의 거대한 '스불재'처럼 느껴진다. 심지어 '스불재'라는 단어를 다루기 위해 이 글을 쓰기 시작한 듯이 느껴질 지경이다.

스불재와 LG 트윈스

'스불재'라는 단어에서 익숙함과 뼈아픈 고통을 동시에 느끼는 까닭은 내가 프로야구팀 LG 트윈스를 응원하는 프리랜서 원고 노동자이기 때문이다. LG 트윈스의 야구는 크게 세 시기로 나뉜 다.

1. 황금기: 창단과 동시에 첫 우승을 차지한 1990년부터, 한 국시리즈에서 아쉽게 패하며 삼성 라이온즈한테 우승트로피를 헌납한 2002년까지
2. 암흑기: 10년 동안 가을야구를 하지 못하며 6 - 6 - 6 - 8 - 5 - 8 - 7 - 6 - 6 - 7(2003년부터 2012년까지 LG 트윈 스의 순위)로 이어지는 '비밀번호'를 완성하고, 팀 이미지가 '신바람'에서 'DTD'(Down Team is Down, 내 려갈 팀은 내려간다)로 실추된 2003년부터 2012년 까지
3. 과도기: 2013년 정규시즌을 극적으로 2위로 마무리한 이 래, 중위권을 오르내리며 포스트시즌에 곧잘 진출 하지만 한국시리즈 세 번째 우승은 여전히 요원한 현재까지

팀의 황금기에 팬이 되는 건 자연스럽다. 과도기에도 그럴 수 있다. 그런데 10년의 암흑기 동안에도 변함없이 같은 팀을 응원하 는 것은, 아니 욕을 하는 것은, 그러니까 응원하는 것은 대체 무슨

심리라고 해야 할까? 물론 인생이 그렇듯 야구에도 기쁨이 있으면 슬픔도 있고, 업(up)이 있으면 다운(down)도 있는 법이다. LG 트윈스도 기나긴 암흑기를 거쳐 이제 제법 가을잔치에 기웃거리게 되었으니, 그동안의 기다림이 나름의 보상을 받은 셈이다. 게다가 최근 몇 년 동안은 많은 전문가에 의해 우승후보로 꼽히기도 하며 통산 세 번째 우승이자 21세기의 첫 우승을 향한 힘찬 발걸음을 내딛고 있지 않은가? 그런데 정말 그런가?

2021년 5월 19일, LG 트윈스는 단독 1위에 오른다. 시즌이 30경기 이상 치러진 시점에서 단독 선두에 오른 것은 무려 2,800일 만의 일이었다. 그렇지만 곧바로 패배하며 하루 만에 2위로 내려온 LG 트윈스는 21일에 인천 원정을 떠났다. SSG 랜더스와의 3연전 첫 번째 경기에서 8회까지 4 대 2로 끌려가던 LG는, 9회 초 터진 이천웅의 동점 투런홈런과 김현수의 백투백홈런으로 순식간에 역전했다.

이제 승리까지 남은 아웃카운트는 단 3개. 9회 말, 리드를 지키기 위해 등판한 마무리 투수 고우석이 선두타자 최정을 중견수 뜬공으로 처리했다. 담장 바로 앞까지 날아가는 커다란 타구였다. 1아웃. 고우석은 다음 타자 제이미 로맥에게 3루수 옆을 아슬아슬하게 스치는 안타를 맞았다. 그러고는 대타 추신수에게 1루수 옆을 스치는 안타를 허용했다. 1사 주자 1·3루. 고우석이 다음 타자 한유섬에게 8구 승부 끝에 볼넷을 주며 베이스가 모두 채워졌다.

안타 하나면 경기가 끝나는 결정적인 순간. 고우석은 안타를 맞지 않았다. 그 대신 다음 타자 박성한을 밀어내기 볼넷으로 내보내며 경기는 5 대 5로 다시 원점이 됐다.

볼넷으로 만루를 채우고 또 볼넷으로 점수를 내주고. 암흑기 시절부터 LG를 응원한 팬이라면 익숙할 스불재의 광경이다. 2011년 6월 17일, SK 와이번스와의 경기에서 LG가 4 대 1로 앞선 9회 초 1사. 경기를 끝내기 위해 마운드에 오른 임찬규는 4타자 연속 볼넷을 주며 패전투수가 됐다. 2012년 4월 13일, KIA 타이거즈와의 경기에서 5 대 5로 팽팽하게 맞서던 11회 초 등판한 레다메스 리즈는 16구 연속 볼을 던지며 역시 4연속 볼넷으로 패전투수가 됐다. 모두 KBO 역사에 길이 남을 스불재다.

다시 인천으로 돌아가자. 5 대 5 동점으로 맞선 9회 말 1사 만루 이재원의 타석. 평범한 땅볼을 3루수 문보경이 잡고 베이스를 밟아 2루 주자 한유섬이 포스아웃되었다. 2아웃. 문보경이 곧바로 홈으로 송구했고, 3루 주자 추신수가 런다운에 걸렸다. 누가 봐도 더블아웃으로 이닝이 종료되기 일보 직전인 상황. 물론 LG 트윈스의 야구는 늘 그랬듯이 예상을 철저히 벗어났다.

손에 공을 들고 추신수를 3루로 몰던 포수 유강남은 문득 기발한 아이디어를 떠올렸던 것 같다. 잘 모르긴 해도 상대팀과 시청자들의 허를 찌르려는 좋은 의도가 아니었을까? 유강남은 코앞의 추신수를 내버려 둔 채, 이미 아웃된 상태에서 3루 베이스를 밟고 서 있던 한유섬에게 달려들었으며 깜짝 놀란 한유섬이 2루로 도망치자 그 뒤를 쫓았다. 그러는 사이 관심에서 멀어진 추신수가 좀 얼떨떨한 얼굴로 홈을 밟고 경기는 끝났다.

이 상황이 이해되지 않는다면 그건 내 설명이 부족한 탓이다. 하지만 경기를 실시간으로 보던 나도 상황이 이해되지 않기는 마찬가지였다. 다행히 네이버 스포츠에서 해당 장면을 다시 볼 수 있다. 영상 제목은 다음과 같다. "'세계 최초 술래잡기 끝내기!' 역대급 황당 장면 갱신!"

다른 말로 하면 '세계 최초 스불재 끝내기!' 정도가 될까? 투수와 포수의 역대급 환장의 콜라보. 그렇지만 어쩌겠는가? 원고 마감도 못 한 주제에 야구를 보던 나의 스불재인 것을. 사람들은 흔히 야구를 가리켜 "인생과 가장 닮은 게임"이라고 한다. 그 말은 맞다. 적어도 내 인생과 내가 응원하는 야구팀은 똑 닮은 것처럼 보인다.

스불재와 글쓰기

프리랜서 원고 노동자가 야구팬보다 불리한 점은 크게 세 가지다.

1. 보기만 해도 되는 야구팬과 달리 내가 직접 해야 한다.
2. 승리의 기쁨을 느낄 기회가 적다, 아니 거의 없다.
3. 일이 잘 풀리지 않을 때 탓하고 욕할 대상이 없다.

원고 주제가 너무 까다롭다고? 그건 내 탓이다. 갑자기 원고 청탁이 몰리는 바람에 좀처럼 진도가 나가지 않는다고? 그것도 내 탓이다. 완벽한 계획을 세우고 시간도 적절히 분배했지만 갑자기 예상치 못한 일(가정사, 질병, 천재지변 등등)이 생겨서 글을 쓸 수 없게 되었다고? 그것 또한 내 탓이오, 내 탓이오, 내 큰 탓이로소이다….

모든 일이 그렇듯 글쓰기에도 기쁨과 슬픔이 있고, 업과 다운이 반복된다. 문제는 기쁨과 슬픔, 업과 다운을 모두 혼자 감당해야 한다는 사실이다. 기쁨은 쉬이 사라지고 슬픔은 좀처럼 극복하기 힘들다. 내려오기는 쉬운데 다시 올라가기는 죽도록 어렵게 느껴진다. 결국 늘 은은한 우울함에, 바닥을 기는 듯한 무력감에 시달리게 된다.

최근 나는 『제텔카스텐: 글 쓰는 인간을 위한 두 번째 뇌』(2021, 인간희극)라는 책을 읽다가 이런 구절에 밑줄을 그었다.

> 늘 일이 정체된 듯 느껴지면 의욕을 잃고 일을 뒤로 미룰 공산이 훨씬 커진다. 그러면 긍정적 경험은 거의 남지 않고 마감일을 맞추지 못하는 등의 나쁜 경험만 쌓여 결국, 실패의 악순환에 빠질 수 있다.
>
> [한 장(章)을 끝낸 뒤 좋아하는 것 하기 등] 외부의 보상을 이용해서 자기 자신을 속여 일하게 만들려는 시도는 긍정적인

피드백 루프를 구축할 전망이 없는 단기적 해법에 불과하다. 이런 시도는 매우 취약한 동기를 구축할 뿐인 반면, 작업 자체를 보상이라 여길 수 있으면 동기부여와 보상의 역학이 스스로 지속 가능해지고 전체 과정의 진전에 추진력을 불어넣을 수 있다.[7]

지극히 당연한 말씀에 고개를 주억거리다가도 문득 서글퍼지는 이유는 내가 나이를 먹었기 때문일까? '스스로 불러온 재앙'은 스스로 극복하는 수밖에 없다. 그렇지만 때론(실은 자주) 혼자만으로는 부족하다. 그럴 땐 나도 모르게 나를 구원해 줄 라젠카 같은 존재가 어디서 떨어지기를 간절히 바라게 되는 것이다. 〈영혼기병 라젠카〉의 흥행 성적을 모르는 것도 아니면서….

밈

밈은 정말로 힘이 세다

세상엔 다양한 밈(meme)이 있다. 하지만 '밈'이라는 단어만큼 성공한 밈은 없다. 최소한 지금까지는. 비슷한 개념은 이전에도 존재했다. 비교적 최근에 등장한 '짤'이나 '짤방', '드립', '필수 요소', '합성 요소' 같은 말은 물론이고 할머니의 할머니 때도 썼던 '유행어'란 단어도 있다. 다만 그것들이 단순히 재밌는 말이나 이미지 등에 국한되었다면 '밈'은 사람들 사이에서 모방을 통해 전파되는 생각, 믿음, 스타일, 행동을 포괄하는, 보다 넓은 개념이다.

밈은 어떻게 탄생했을까?

'밈'이란 단어가 세상에 처음 등장한 건 영국의 진화생물학자 리처드 도킨스Richard Dawkins의 1976년 저서 『이기적 유전자』에서였다. 도킨스는 '만약 우주 어딘가에 탄소 대신에 규소를, 물 대신에 암모니아를 이용하는 화학적 구조를 지닌 생물이 존재하거나 화학반응이 아닌 전자회로를 생명현상의 기초로 하는 생물이 발견

된다고 하더라도 이 모든 생물이 공유하는 생물학의 일반 원리가 있으리라'고 주장했다. 바로 "모든 생물은 자기복제를 하는 실체의 생존율의 차이에 의해 진화한다는 원리"다.

지구의 생물들이 공유하는 "자기복제를 하는 실체"는 '유전자'다. 그리고 도킨스는 여기에 밈을 추가했다. 유전자가 자기복제를 해서 생물학적 정보를 전달하듯이, 밈은 모방을 통해 뇌에서 뇌로 생각과 믿음 등을 전달한다는 것. 밈은 인간에게 고유한, 일종의 문화적 유전자인 셈이다.

도킨스의 주장은 적잖은 반발에 부딪혔다. 무엇보다 비유가 비유로 그치지 않는다는 게 문제였다. 문화적 개념을 과학적 개념에 비유할 순 있지만, 그렇다고 해서 둘을 같은 층위에 놓고 같은 잣대로 분석할 순 없다는 것이다. 도킨스는 종교에서 주장하는 '신의 계획적인 창조'와 대비해 '생물학적 진화의 무작위성'을 '눈먼 시계공'에 비유하기도 했는데, 그렇다고 해서 생물학적 진화가 곧 눈먼 시계공은 아닌 것과 마찬가지다.

물론 지금은 상황이 달라졌다. 인터넷이 대중화하며 수많은 밈이 양산되었고 '밈'이란 단어 또한 거부할 수 없는 개념으로 자리매김했다. 이제 밈은 인터넷에서 파생된 다양한 사회현상과 문화를 설명하는 개념으로 널리 사용되고 있다. '밈' 자신이 성공한 밈이 된 것이다. 도킨스가 말한 의미와는 조금(실은 많이) 다를지도 모르지만.

밈은 어디까지 갈 수 있을까?

웹서핑을 즐기는 사람이라면 '슬픈 개구리'를 본 적 있을 것이다. 퉁방울눈으로 살짝 아래쪽을 바라보고 있는 개구리의 이름은 '페페(Pepe)'. 미국의 시각예술가 맷 퓨리 Matt Furie가 2005년 발표한 만화 〈Boy's Club〉에 등장하는 캐릭터다. 대학을 졸업하고 이렇다 할 꿈도 희망도 없이 빈둥거리는 이들의 이야기를 담은 만화는 별다른 인기를 끌지 못했다. 하지만 2008년 미국의 익명 게시판 '4chan'에서 만화의 한 장면을 짤방으로 사용하며 페페는 사람들에게 알려졌다.

시작은 미약했다. 처음에는 게시판에 상주하는 아싸들이 자조적인 농담과 함께 올리는 단순한 '필수 요소'에 지나지 않았다. 그런데 페페 이미지가 차츰 게시판 밖으로 퍼 날라지나 싶더니, 니키 미나즈 Nicki Minaj 같은 셀럽들이 자신의 SNS 계정에 이미지를 공유하며 한순간에 페페는 인싸들의 '필수템'으로 등극했다. 스타 탄생!

하지만 페페 앞에 놓인 미래는 꽃길이 전혀 아니었다. 인터넷을 중심으로 세력을 불려 가던 대안우파의 상징으로 떠오른 페페는, 급기야 백인우월주의·반유대주의·반여성주의를 나타내는 대표적인 혐오 상징물로 낙인찍혔다. 대체 무해하게만 보였던 슬픈 얼굴의 개구리에게 무슨 일이 벌어진 걸까?

아서 존스 Arthur Jones 감독의 영화 〈밈 전쟁: 개구리 페페 구하기〉(2020)는 성실하진 않지만 유해하지도 않았던 개구리 페페가 '슬픈 개구리'에서 '국민 개구리'로, 곧이어 '극우 개구리'에서 '혐오 개구리'로 거듭나는 일련의 과정을 추적한 다큐멘터리다. 혹은 이렇게 말해도 좋다면, 눈물 없인 볼 수 없는 개구리 페페의 기구한 와생(蛙生), 아니 밈생(meme生)을 그린 한 편의 드라마다.

인셀의 역습

발단은 일종의 피해의식이었다. 자신들의 페페를 갓반인(속 편하게 사는 일반인 또는 연예인급인 일반인)들에게 빼앗겼다고 생각한 인셀(incel, 비자발적 독신자)들은 복수를 다짐했다("꼭 그렇게 다 가져가야만 속이 후련했냐!"). 이들은 다른 사람들이 차마 사용할 수 없도록 망가진 페페 짤을 만들어 페페를 더럽히기로 했다.

난무하는 똥과 오줌, 포르노에 가까운 성적 묘사로 시작된 '어둠의 페페' 프로젝트는 빠르게 '선을 넘었다'. 하켄크로이츠가 그려진 제복을 입은 나치스 페페, 복면을 쓴 채로 인질을 참수하는 ISIS 페페, 비행기 조종석에 앉아 세계무역센터를 향하는 9·11 테러리스트 페페 등등. 심지어 2014년 미국 샌타바버라 총기난사사건의 범인인 엘리엇 로저Elliot O. R. Rodger의 사진과 영상에 총을 든 페페를 합성해서, "찌질한 남자들이여, 부모님의 지하실에서 나와 사람들을 죽이자!"라고 외치는 '베타들의 반란(Beta Uprising)' 캠페인을 벌이기까지 했다.

이들은 페페를 앞세워 인종차별과 여성혐오를 일삼고, 괴로워하는 사람들의 반응을 지켜보며 낄낄거렸다. 어떻게 그런 말을 할 수 있느냐고 따지는 사람들에게 이들은 말했다. 농담이라고, 그저 우스꽝스러운 개구리일 뿐이지 않느냐고, 정색하는 당신이 더 이상하다고, 실제로 피해를 본 사람은 아무도 없다고. 그런데 정말 농담일 뿐인가?

2016년 미국 대통령 선거를 앞두고 도널드 트럼프가 공화당의 대선후보로 떠오르며 페페 이야기는 또 다른 국면에 접어들었다. 혐오 발언을 쏟아 내는 트럼프에게 열광한 인셀들은 그를 대통령으로 만들기 위한 작전에 돌입했다. 바로 페페 몸에 트럼프 얼굴을 합성한 밈을 만들어 낸 것. 글쎄, 고작해야 우스꽝스러운 금발 개구리 그림이 대선에 얼마나 영향을 미쳤을지는 솔직히 의문이다. 하지만 악플이 무플보다 낫고 어그로도 관심이라는 인터넷 세계의 법칙을 기억할 필요가 있다. 단지 트럼프를 비웃으려고 밈을 공유한 많은 사람들이 결과적으로 그를 대통령으로 만드는 데 일조했다.

심각한 트위터 중독자였던 트럼프가(다행히 현재 그의 계정은 영구정지 상태다) 이런 기회를 놓칠 리 없었다. 그는 적극적으로 페페 밈을 공유하며, 공식적인 자리에서 페페의 유명한 포즈를 취하기까지 했다. 그런 행동이 방구석 인셀들에게 어떤 의미로 다가왔을지 짐작하기는 어렵지 않다. 마침내 세상이 자신의 가치를 알아봤다는 기쁨, 의미 있는 일을 하고 있다는 확신, 미국의 대통령을 뽑는 역사적 순간에 한몫하고 있다는 자기효능감. 이런 감정들이 모여 그들을 더욱 결집시키고 몰입하게 했을 것이다.

결국 페페는 트럼프와 함께 대선 레이스를 완주했다. 마치 러닝메이트처럼. 마침내 2016년 말, 트럼프는 힐러리 클린턴^{Hillary D. R. Clinton}을 꺾고 제45대 미국 대통령에 당선됐다. 그리고 페페는 바비 인형과 데드풀을 꺾고 미국의 시사주간지 《타임》이 선정한 '2016년 가장 영향력이 큰 가상 캐릭터' 1위에 올랐다. 상처뿐인 영광….

밈생만사 새옹지마

페페의 수난은 거기서 끝나지 않았다. 대안우파의 마스코트가 되어 배지, 포스터, 이슬람을 혐오하는 내용을 담은 그림책의 주인공까지 참으로 다양한 곳에서 이용당하던 페페는 급기야 미국의 반인종주의 단체인 반명예훼손연맹(ADL)의 혐오 상징 목록에 등재됐다. 명실상부한 혐오의 상징이 된 것이다.

이 사태를 더는 두고 볼 수 없었던 원작자 맷 퓨리는 늦게나마 페페를 구하기로 결심하고 '#SavePepe' 해시태그 캠페인을 시작했다. 혐오에 반대하는 사람들이 평화로운 페페의 모습을 직접 그리고 공유해, 오염된 페페의 이미지를 정화한다는 계획이었다. '눈에는 눈, 밈에는 밈'이라고 할까. 다행히 많은 사람이 호응하며 '새로운 페페'가 올라왔다. 하지만 그보다 훨씬 더 많은 수의 망가진 페페가 만들어졌다. 어그로에는 먹금(먹이 금지) 해야 한다는 인터넷 세계의 법칙을 몰랐던 게 패착이었다.

작전을 바꾼 퓨리는 새로운 만화를 발표했다. 죽어서 관 속에 누워 있는 페페가 그려진 한 컷짜리 만화였다. 만화는 많은 화제를 모았지만 그뿐이었다. 페페는 죽지 않았다. 더욱 커진 관심 속에서 한층 더 강해졌을 뿐. 영원히 고통받는 페페….

여기서 우리는 두 가지 교훈을 얻게 된다. 첫 번째 교훈은 '밈은 힘이 세다'는 것이다. 그리고 두 번째 교훈은 '밈은 정말로 힘이 세다'는 것이다. 사람들 사이에 일단 퍼진 밈은 아무리 원작자라고 해도 손쓸 도리가 없다. 뇌에서 뇌로 옮겨 다니며 스스로 복제하는 밈의 힘은 그만큼 세다. 게다가 밈은 다소 짓궂은 농담을 넘어 현실 세계의 사람들에게 상처를 입히는 강력한 무기가 될 수 있다.

2021년에 열린 2020 도쿄올림픽 개막식을 중계하던 MBC는 우크라이나를 소개할 때는 체르노빌원전사고 사진을, 엘살바도르를 소개할 때는 현지에서 논란 중인 비트코인 사진을, 아이티를 소개할 때는 "대통령 암살로 정국은 안갯속"이라는 자막을 쓰는 등 부적절한 설명과 표현을 연달아 내보내며 시청자들을 충격과 공포로 몰아넣었다. 아마 담당자들은 가볍게 생각했을 테다. 그냥 농담이라고, 인터넷 밈일 뿐이라고. 누가 누가 '재치 있는' 아이디어를 떠올리나 경쟁하며 낄낄거렸을지도 모른다. 세상을 밈으로 바

라보다가 현실감각을 잃어버린 것이다. 그 결과는? 보신 대로다.[8]

때때로 밈은 폭력을 부른다. '베타들의 반란'이 그랬던 것처럼. 또한 가끔(실은 자주) 밈은 그 자체로 폭력이 되기도 한다. 흑화된 페페처럼 약자와 소수자를 조롱하는 밈들이 낄낄거리는 웃음소리와 함께 인터넷이라는 바다를 향해 무차별적으로 던져지고, 모니터 뒤에 있다가 난데없이 돌멩이에 얻어맞은 이들은 피를 흘린다. 무심코 던진 돌에 맞아 죽는 개구리처럼….

하지만 이따금 무척 놀라운 일이 일어나기도 한다. 〈밈 전쟁: 개구리 페페 구하기〉의 결말. 갑자기 카메라가 지금까지의 이야기와는 전혀 다른 곳을 비춘다. 2019년의 홍콩이다. 민주화운동이 한창인 그곳에 페페가 있다. 서로의 손을 잡고, 스크럼을 짜고, 구호를 외치는 사람들 사이에서 페페는 자유와 민주주의의 상징이 되어 시위대와 함께 울고 웃으며 경찰을 피해 뛰어다닌다. 새로운 맥락에서 새로운 의미를 얻고 희망의 상징으로 새롭게 태어난 것이다. 페페가 희망의 상징이 된 영문을 아무도 모르지만, 그냥 그렇게 페페는 거기에 있었다.

빅토르 위고Victor M. Hugo는 『레미제라블』(1862)의 한 장면에서 이렇게 말한다. "세상에는 나쁜 풀도, 나쁜 사람도 없다. 나쁜 경작과 양육이 있을 뿐." 내 생각엔, 밈도 마찬가지다.

워라밸

앞으로도 이렇게 살면 어떡하지?

카카오페이지에서 2020년부터 연재 중인 웹소설 〈괴담 동아리〉(작가 오직재미)를 읽다가, 주인공이 우연히 엿듣는 부모님의 대화 내용을 보고 한 대 얻어맞은 기분이 되어 버렸다.

"언제까지 이렇게 일만 하고 살아야 하는지. 꼭 노동으로 고생하려고 태어난 인생 같아."

"저도요, 여보… 오늘 마트 진열하면서 하루 종일 서 있는데, 계속 그 생각 드는 거 있죠. 내가 몇 년 있으면 오십인데, 또 언제까지 계속 일을 하고 살아야 하는지. 할머니 돼서도 일에서 해방 못 될 것 같은…."

"사는 게 뭐 이따위인지 원…."

〈괴담 동아리〉의 주인공인 열일곱 살 이준은 고등학교 입학식 날 갑자기 '시스템'에 의해 '영웅'으로 간택돼 '튜토리얼'을 따라 같은 반 친구들과 함께 '괴담 동아리'를 만든다. 거듭되는 '회귀'를 통해 '마왕'이 보내는 '괴담'을 해결하며 세계와 친구들, 무엇보다 자기 자신을 종말로부터 구원하고자 고군분투한다. 그런 준과 친구들의 이야기에서 내가 기대한 건 약간의 스릴과 재미 그리고 괴담보다 더 무서운 현실로부터의 도피였다. 결코 이런 식의 '현실 자각 타임'은 아니었단 말이다.

그래, 나도 결혼을 일찍 했으면 준이만 한 애가 있겠지. 아마 나 같은 사람이 보라고 쓴 소설은 아닐 거야… 하는 생각이 절로 들었다. 하지만 정작 나를 당황하게 만든 사실은 따로 있었다. 카카페 뷰어를 종료하고 자연스럽게 메모장 앱을 열며 이렇게 중얼거리는 나를 발견한 것이다. "이번 원고는 이 에피소드로 시작하면 되겠다. 까먹지 않게 적어 놔야지…"

소원을 빌 때는 조심할 것!

고등학생 시절 내 꿈은 프리랜서였다. 분야는 상관없었다. 프리랜서에 대해 내가 아는 바라곤 출퇴근을 안 한다는 사실이 전부였고, 그게 바로 내가 바라는 일이었다. 아직 재택근무나 원격회의 같은 개념이 보편화하지 않았던 시절이었다. 워라밸(work-life balance)이 뭔지는 몰랐지만, 본능적으로 '일과 삶의 균형'을 추구했달까?

대학 졸업을 앞두고도 꿈은 변하지 않았다. 그럼에도 취업을 한 이유는 프리랜서가 되는 방법을 몰랐기 때문이다. 얼떨결에 인터넷서점에 입사했다. 책이 좋아서 선택한 직업이었다. 과연 책이

늘 내 옆에 있었다. 정작 책 읽을 시간은 없다는 게 문제였지만. 회사에서 돌아오면 하루를 이대로 보내기가 아쉬워 졸린 눈을 부릅뜨고 좀처럼 머리에 들어오지 않는 책을 읽어 보려 노력했고, 다음 날이 되면 피곤해서 하루를 제대로 보낼 수 없는 나날이 반복됐다.

그렇게 시간이 흘렀다. 두 가지 생각이 잇따라 들었다. 먼저 '앞으로도 이렇게 살면 어떡하지?'라는 걱정이었다. 읽지도 못하고 쌓이기만 하는 책들 속에서 허우적거리며 남은 삶을 보내고 싶지는 않았으니까. 그다음으론 '앞으로 이렇게라도 못 살면 어떡하지?'라는 고민이었다. 딱히 하고 싶은 일도, 내세울 기술도 없는 내가 무작정 회사를 그만둔다면 당장 먹고살 일이 막막해질 건 불 보듯 뻔한 일이었으니까.

최승자 시인의 시구(詩句)처럼 "이렇게 살 수도 없고 이렇게 죽을 수도 없을 때 / 서른 살은"(「삼 십 세」) 왔다. 그때 내가 무슨 생각으로 회사를 그만두었는지 지금은 기억나지 않는다. 아마 상반되는 두 가지 생각 사이에서 방황하는 일에 지쳤던 것 같다. 일과 삶, 어디에도 집중할 수 없었다. 나는 딸꾹질을 하듯 사표를 냈고, 결국 고등학생 시절의 꿈을 이루었다. 프리랜서가 되어 버린 것이다. 문득 이런 서양 속담이 떠오른다. "소원을 빌 때는 조심할 것(Be careful what you wish for)." 소원은 신중히 빌어야 한다. 자칫하면 정말로 이루어질 수도 있으니까….

나는 게으르기 때문에 프리랜서가 되고 싶었고, 게을러서 프리랜서가 될 수 있었다. 매일 아침 9시까지 출근하는 일이 싫어서 프리랜서가 되고 싶었고, 퇴사한 뒤에도 새 직장을 찾는 게 귀찮아 재취업을 미루다가 얼렁뚱땅 프리랜서가 됐다는 말이다.

문제는 그다음이었다. 프리랜서가 되자 모든 게 달라졌다. 출근을 안 하는 대신 퇴근도 따로 없었다. 어느 순간부터 나의 일상은 업무 시간도 아니고, 그렇다고 해서 업무 외 시간도 아닌 어정쩡한 시간으로 채워져 갔다. 아내와 이야기를 나눌 때나 친구들을 만나서 차 마시고 산책할 때도 써야 하는 글과 마감에 관한 생각이 끊이지 않았고, 막상 일하기 위해 책상 앞에 앉으면 바쁘다는 핑계로 요즘 아내에게 소홀하진 않았는지, 친구들에게 너무 연락을 안한 건 아닌지 하는 생각들로 좀처럼 집중이 되지 않았다.

마감 기한을 넘기도록 머리만 싸매고 있다가 허겁지겁 원고를 쓰는 일이 잦아졌다. 내내 턱을 앙다물고 있는 탓에 두통까지 생겼다. 일이 많을 때면 '이러다가 (과로로) 죽겠다' 싶을 정도로 많았고, 일이 없을 때면 '이러다가 (굶어) 죽겠다' 싶을 정도로 없었다. 일과 삶의 균형? 직장을 다니던 시절에도 나와는 관계없는 말이었고, 프리랜서 마감 노동자가 된 지금도 여전히 관계없는 말이다.

번아웃(burnout)이 올 때면 일과 무관한 글을 읽으며 시간을 보낸다. 그럴 때 가장 좋은 읽을거리는 역시 웹소설이다. 물론 일과 휴식의 구분은 생각만큼 간단하지 않아서, 앞서 말한 〈괴담 동아리〉 에피소드처럼 종종 일(에 대한 생각)이 휴식 사이를 훅 치고 들어올 때가 있다. 이럴 땐 어쩔 수 없다. 파일을 열어 원고를 쓰기 시작하는 수밖에.

하지만 지금은 아니다. 아직은 원고를 쓸 용기가 없다. 나는 다시금 웹소설로 눈을 돌린다. '뭘 볼까?' 하는 고민 끝에 고른 건 언젠가 지인이 추천한 〈변방의 외노자〉(2020~2021, 작가 후로스트)다. 〈변방의 외노자〉 1화는 주인공의 다음과 같은 말로 시작한다.

"일하기 싫어요. 지겨워서 미칠 것 같아요. 적게 일하고 많이 벌면 좋겠어요. 아무래도 전 놀고먹는 게 적성에 맞나 봐요. 일 안하고 살 수 있는 방법 없을까요?"

우리에게 진짜 필요한 건?

사실 일과 삶의 균형은 문학의 오랜 주제다. 『모비딕』(1851, 허먼 멜빌)은 고래잡이라는 일이 단순한 직업을 넘어 삶의 전부가 돼버린 사람의 슬픈 이야기다. 『동물농장』(1945, 조지 오웰)은 일과 삶의 균형이 무너지도록 착취당하던 동물들이 혁명을 일으켰으나 이 지배계급이 저 지배계급으로 바뀌었을 뿐 나아진 건 아무것도 없다는 쓸쓸한 이야기고, 『필경사 바틀비』(1853, 허먼 멜빌)는 상사의 과도한 업무 지시에 "그렇게 하지 않고 싶습니다"라고 대답하며 스스로 워라밸을 지키려 노력한 어느 필경사가 끝끝내 세상을 등지고 마는 비극적인 이야기다.

프란츠 카프카Franz Kafka의 『변신』(1915)은 어떤가? 어느 날 아침 불안한 꿈에서 깨어나 벌레로 변한 자신을 발견한 주인공 그레고르 잠자의 이야기가 충격적인 이유는 단순히 그가 벌레로 바뀌었기 때문만은 아니다. 과중한 외판원 업무가 그의 영혼을 잠식해 버렸기 때문이다. 고약한 벌레로 변해 버린 자신의 몸을 바라보며 잠자는 생각한다. '좀 더 잠을 청해 이런 비참한 일을 잊도록 하자.' 하지만 생각은 멈추지 않는다. '아아! 이렇게도 힘든 직업을 택하다니. 매일같이 출장이다. (…) 기차 연결에 대해 늘 걱정해야 하며, 식사는 불규칙적이면서 나쁘고, 대하는 사람들은 항상 바뀌고 따라서 그들과의 인간관계는 절대로 지속적일 수 없으며 또한 진실한 것일 수도 없다. 이 모든 걸 악마가 가져갔으면!'

잠자에겐 벌레가 된 자기 모습보다 자신이 해야 하는 '일'이 더 끔찍한 것이다. 우리가 사는 현실 세계에선 사람이 벌레가 되는 일은 일어나지 않는다. 하지만 많은 사람이 자기가 하는 일을 끔찍하게 생각한다. 평범한 사람들의 목소리를 들려주는 구술사의 장인인 스터즈 터클Studs Terkel은, 각 현장에서 일하는 133명의 이야기를 담은 대표작 『일』(2007, 이매진)의 서문에서 다음과 같이 서술한다.

용접공이 말한다. "저는 기계입니다." 은행 출납계원이 말한다. "저는 갇혀 있습니다." 호텔 안내원도 같은 말을 한다. 철강 노동자가 말한다. "저는 노새입니다." 접수계원이 말한다. "제가 하는 일은 원숭이도 할 수 있어요." 이주 노동자(농장을 옮겨 다니며 품팔이를 하는 농장 인부)가 말한다. "저는 농기구나 다를 바 없습니다." 패션모델이 말한다. "저는 물건입니다." 블루칼라와 화이트칼라 모두 이구동성으로 말한다. "저는 로봇입니다." 젊은 회계사가 절망적으로 내뱉는다. "말씀드릴 게 없습니다." 오래전 존 헨리John Henry[9]는 이렇게 노래했다. "사람은 사람일 뿐입니다." 하지만 현실은 그렇지 않았다. 존 헨리는 망치를 손에 쥔 채로 죽음을 맞았으나 증기 굴착기는 펌프질을 멈추지 않았다.[10]

물론 일은 중요하다. 하지만 삶 또한 중요하다. 일하지 않으면 살 수 없지만, 수많은 사람들이 일하느라 제대로 살지 못하고 있다. 이건 절대로 당연하지 않다.

아마존의 초대 CEO 제프 베이조스는 한 인터뷰에서 "워라밸을 지지하지 않는다"고 말했다. 워라밸은 일과 삶 가운데 하나를 택해 하나가 플러스(+)가 되면 다른 하나는 마이너스(−)가 되는 관계이며 그보다는 '워라하(work-life harmony)', 다시 말해 '일과 삶의 조화'를 이루어야 한다면서. 그럴듯한 이야기다. 이런 말을 한 사람이 베이조스란 사실을 제외하면….

2021년 3월, 아마존 물류창고에서 일하는 직원들이 화장실에 갈 시간도 없어 물병으로 소변을 처리한다는 뉴스가 다시 한번 화제에 올랐다. 베이조스의 자산은 200조 원이 넘는다. 베이조스 한 사람의 재산으로 전 세계의 기아를 20년 가까이 막을 수 있다.

우리는 인류 역사상 가장 부유한 시대를 살고 있다. 동시에 말도 안 될 정도로 극심한 빈부격차의 시대를 살아간다. '주 40시간 근무와 최저임금 1만 원은 시기상조'라며 자본가들이 우는소리를 하는 동안에도 그들의 재산은 차곡차곡 불어나고 있다. 자본가가 아닌 우리는 일 때문에 받은 스트레스를 돈을 쓰며 풀고, 쓴 돈을 메꾸기 위해 다시 일하는 악순환을 반복한다. 자본가들을 위해 일하며 그들의 재산을 불려 주고, 일해서 받은 월급으로 자본가들이 파는 물건을 구입해 다시금 그들의 재산을 불려 주는 식이다.

베이조스의 말대로 우리에게 필요한 건 워라밸이 아닌지도 모른다. 물론 워라하도 아니다. 우리에게 필요한 건 '더 나은 삶'이다. 일은 그다음이다.

3장

만날 사람은 없지만,

혼자이고 싶지도 않은

인싸와 아싸

다만 조금 피곤할 뿐

'가장 많이 만나는 다섯 사람이 당신 인생을 결정한다'는 기사를 읽었다. 나는 생각했다. 다섯 명이나 만난다고? 아무리 손가락을 꼽아 봐도 내가 만나는 사람이라곤 아내와 아기, 그리고 일주일에 나흘씩 아기를 돌봐 주는 장모님밖에 없는데….

한술 더 떠서 "주변에 친구 65명 미만이면 인간 아니라 '침팬지'"라는 제목의 기사도 있었다. 5명도 많은데 65명이라니! 아아, 나는 이제 인간도 아니고 침팬지가 되어 버렸구나, 라고 탄식하며 비통한 마음으로 내용을 읽었다. 선정적인 제목과 달리, 종마다 두뇌 크기에 따라 유지할 수 있는 집단의 크기가 다르다는 과학적인 내용이었다. 인간은 최대 150명이고 침팬지는 65.2마리, 오랑우탄은 50.7마리, 고릴라는 33.6마리, 긴팔원숭이는 14.8마리라는 식으로. 따라서 나는 침팬지가 아니다. 긴팔원숭이다. 심지어 팔이 길지도 않은….

그렇다면 나는 '아웃사이더'인가? 그럴 수도 있고 아닐 수도 있다. 나는 결혼을 했고 아이가 있다. 전통적인 사회라면 이것은 내가 '인사이더'라는 증거가 되겠지만, 비혼과 비출산이 새로운 표준이 된 미래 사회라면 정반대를 뜻할 테다. 보다시피 나는 직업도 있다. 이런 글을 쓰는 직업이다. 일반적으로 직업이 있다는 점은 인사이더의 요건에 가깝지만, 사실 '프리랜서 작가'라는 직업은 좀 애매하다. 그것도 직업인가? 최소한 은행의 대출 담당 직원은 그렇게 생각하지 않는 것이 분명하다…. 하지만 나는 내가 아웃사이더가 아니라고 생각한다. 평소에 생각하는 아웃사이더의 이미지가, 내가 스스로에 대해 갖고 있는 이미지와 판이하기 때문이다.

아웃사이더의 시대

문학작품에 등장하는 특정 인물들의 유형을 아웃사이더라는 하나의 범주로 명명하며 '아웃사이더 열풍'을 불러온 영국의 소설가 콜린 윌슨Colin H. Wilson은 『아웃사이더』(1974, 범우사)에서 아웃사이더를 이렇게 정의한다. 아무도 병에 걸린 사실을 깨닫지 못하는 문명사회에서 자기가 환자임을 알고 있는 유일한 인간. "'아웃사이더'의 근본 문제는 일상의 세계에 대한 본능적인 거부이며, 그 일상의 세계가 무언가 지루하고 불만족스럽다고 느끼는 데 있다. 마치 최면술에 걸린 사람이 톱밥을 계란이나 베이컨이라고 믿으면서 먹고 있는 것처럼."[1]

윌슨이 『아웃사이더』를 발표하며 말 그대로 하루아침에 유명해진 것은 1956년의 일이다. 이때 그는 24세였다. 그때까지만 해도 윌슨은 노동계급 가정에서 장남으로 태어나 16세에 학교를 중퇴하고 이런저런 일자리를 전전하던, 가난한 청년에 불과했다. 그 당시 아웃사이더 또한 국외자나 문외한을 가리키는 평범한 단어였을 뿐이다. 하지만 대영 도서관에서 틈틈이 써 내려간 기념비적인 데뷔작 『아웃사이더』를 통해 그 말은 젊음과 반항, 예술가적인 괴벽과 독특한 개성, 방랑과 일탈 등의 뉘앙스를 풍기는 '쿨'한 단어로 거듭났고, 윌슨은 젊고 자신만만한 천재 작가로 세상의 주목을 받았다.

물론 윌슨이 세상에 없는 말을 창조해 낸 것은 아니다. 그는 프리드리히 니체, 표도르 도스토옙스키, 헤르만 헤세, 프란츠 카프카, 알베르 카뮈의 소설과 빈센트 반 고흐, 바츨라프 니진스키 같은 예술가들의 인생 속에서 세계를 대하는 공통적인 태도를 발견하고 거기에 이름을 부여했을 뿐이다. 그전까지 아무도 하지 않았던 방식으로 그것들을 하나의 범주로 묶은 것이다.

　　내가 그의 이름을 불러 주기 전에는

　　그는 다만

　　하나의 몸짓에 지나지 않았다.

　　내가 그의 이름을 불러 주었을 때

그는 나에게로 와서

꽃이 되었다.

— 김춘수, 「꽃」(《시와시론》, 1952)에서

윌슨이 아웃사이더의 이름을 불러 주었을 때, 아웃사이더는 우리에게 와서 하나의 현상이 되었다. 바야흐로 '아웃사이더의 시대'가 열린 것이다. 괴팍한 예술가, 고독한 천재, 세상을 등진 은둔 괴짜, 그리고 할리우드 영화의 단골 주인공이 된 무뚝뚝한 얼굴에 거친 말투, 노상 담배를 물고 살며 사람들과 잘 어울리지 못해도 마음만은 따뜻한(것으로 마지막에 살짝 드러나는) 고독한 반영웅(antihero)의 모습에 이르기까지. 20세기 후반은 기성세대를 비웃는 펑크로커, 저항시인, 관습을 철저히 폐기한 화가 등 다양한 예술 분야의 아웃사이더가 슈퍼스타가 된 아이러니한 시기였다.

정점은 1999년, 세기말에 개봉한 영화 〈매트릭스〉였다. "최면술에 걸린 사람이 톱밥을 계란이나 베이컨이라고 믿으면서 먹고 있는 것처럼"이라는 윌슨의 묘사가 매트릭스만큼 잘 들어맞는 세계가 또 어디 있을까? 일상의 세계가 무언가 지루하고 불만족스럽다고 느끼던 네오(키아누 리브스 분)는 빨간 약을 먹고 인사이더의 세계에서 벗어나 스스로 아웃사이더가 되고, 그리하여 구원자(the One)가 된다. '아웃사이더 = 슈퍼스타'를 넘어 '아웃사이더 = 신'이 된 것이다!

하지만 정점이 있으면 내리막이 있는 법. 〈매트릭스 2: 리로디드〉(2003)와 〈매트릭스 3: 레볼루션〉(2003)은 완벽하게 시작된 시리즈가 얼마큼 망가질 수 있는지 보여 주는 완벽한 예시라고 할 수 있다. 『아웃사이더』로 하루아침에 스타 작가가 된 윌슨 또한 다신 그와 같은 성공을 맛보지 못하고, 비평가들의 혹평과 대중의 차가운 외면 속에서 내리막길을 죽 걸어 내려가 살인 미스터리와 우주 불가사의에 파묻힌 채 경력을 마감해야 했다.

아웃사이더란 단어 역시 같은 길을 걸었다. 그 말을 밝게 비추던 후광은 이제 없다. 이 글을 읽는 여러분도 아웃사이더란 단어에서 시대와 불화하는 천재나 예술가를 떠올리기보단 다음 두 가지를 떠올리고 있지 않을까?

1. '아싸'와 '인싸'

2. 상처를 치료해 줄 사람 어디 없나

'아싸'는 아웃사이더의 줄임말이지만 뜻은 같지 않다. 길이가 줄어든 만큼 뜻도, 느낌도 함께 쪼그라들었다고나 할까. 아웃사이더가 평균 이상이거나 평균 미만의 조금은 '특별한' 존재를 말한다면, 아싸는 무리와 어울리지 못하는 '평범한' 사람을 가리킨다. 재미있는 점은 줄임말이 되면서 '인싸'라는 단어와 짝을 이루게 되었다는 사실이다.

한 인터넷서점에서 제목에 아웃사이더가 들어간 상품을 검색하면, 책과 음반 등을 합해 모두 147건의 검색 결과를 찾을 수 있다. 반면에 제목에 인사이더가 들어간 책이나 음반은 고작 19개밖에 되지 않는다. 그중에서 인싸와 같은 의미로 쓰인 것은 두어 건에 불과하다. 이쯤에서 이렇게 물을 수 있다. 과거의 아웃사이더에게는 인사이더가 필요하지 않았는데, 왜 오늘날의 아싸에게는 인싸가 필요할까?

아웃사이더와 아싸의 차이

먼저 알아 둬야 할 점은, 콜린 윌슨은 아웃사이더라는 존재를 세상에 알리기 위해 무려 460쪽짜리 책을 썼다는 사실이다. 하지만 지금 이 꼭지는 고작해야 원고지 20매가 조금 넘을 뿐이다. 게다가 이미 17매를 써 버렸다. 그러니 이쯤에서 약간의 (실은 엄청난) 비약을 감행할 수밖에 없다.

결론부터 말하면, 아웃사이더는 '다른 삶이 가능하다는 믿음'이 존재하던 시절의 산물이다. 일상은 반복된다. 그 속에서 사람들은 안정감과 지루함을 동시에 느낀다. 지루함에서 벗어나려면 안정을 포기해야 하지만 행동으로 옮기기는 쉽지 않다. 여기서 현실의 울타리 안에 안주하는 사람이 인사이더라면, 다른 현실을 찾아 울타리를 박차고 나서는 사람이 바로 아웃사이더다. 따라서 이때 인사이더라는 말엔 별다른 의미가 없다. 아웃사이더가 아닌, 다른 모든 평범한 사람을 가리키는 단어이기 때문이다.

지금은 어떤가? 우리에게는 놀랍도록 많은 선택의 자유가 있는 것 같지만, 대부분 새로운 신발과 새로운 무선이어폰과 새로운 게임소프트웨어 가운데 무엇을 살지 선택할 수 있는 자유에 지나지 않는다. 심지어 많은 경우 우리에겐 그런 것들을 사지 않을 자유조차 없는 듯 보이기도 한다. 없는 건 그것만이 아니다. 지금 우리가 살아가는 현실 바깥의 다른 현실이 우리에게는 없다. 대부분 우리는 그런 현실이 가능하다는 믿음조차 가질 수 없고, 따라서 모든 사람이 같은 레이스를 벌인다. 더 좋은 대학에 가서 더 좋은 회사에 가기 위해, 스포츠 스타나 아이돌이나 유튜버나 베스트셀러 작가가 되기 위해. 결국 인싸가 되기 위해서. 우리에게는 하나의 현실, 하나의 트랙밖에 없다.

오늘날의 아싸는 과거의 아웃사이더처럼 운동장을 벗어날 수 없다. 아싸는 다른 현실을 찾아 떠나는 사람이 아니라, 인싸가 되기 위해 트랙을 달리지만 선두 그룹과의 거리를 좀처럼 좁히지 못하는 하위 그룹일 뿐이다. 윌슨을 따라 말하자면, 아싸는 자기가 환자임을 알고 있다. 하지만 우리가 살아가는 병든 문명사회에서 자신이 환자라는 사실을 아는 사람이 아싸만 있는 것은 아니다. 대부분 사람은 자신이 환자라는 사실을 안다. 그리고 계속해서 달리는 일밖에 다른 방법이 없다는 점도 안다. 그것이 다른 현실도 가능하다는 믿음조차 갖지 못한다는 말의 의미다. 나는 아웃사이더가 아니지만 아싸는 맞는 것 같다. 그 사실이 딱히 슬프지는 않다. 다만 조금 피곤할 뿐이다. 그러니까 모든 것이 말이다.

사회적 거리두기

딱히 만날 사람은 없지만

2020년 3월 22일부터 5월 5일까지 45일 동안 85권의 책을 샀다. 끝까지 읽은 책은 그중 5권이 채 되지 않는다. 실은 단 한 권도 끝까지 읽지 않았다….

이게 다 코로나19 때문이다. 스트레스를 받는다는 이유로 온라인 서점에서 책을 잔뜩 사 놓고는, 역시 스트레스 때문에 좀처럼 책을 집중해 읽을 수 없는 상황이 반복되며 2년 가까이 지속되고 있다. '사회적 거리두기'가 내 삶에 이렇게 큰 영향을 미칠 줄은 미처 몰랐다.

나는 프리랜서 서평가. 사람은 잘 만나지 않고 외출도 거의 하지 않는, 사회적 거리두기 이전에 이미 자발적으로 사회와 거리를 두고 있던 사람이다. 여러 가지 의미로…. 하지만 뉴스와 긴급재난문자를 통해 하루에도 몇 번씩 사회적 거리두기를 실천하라는 소리를 듣고 있자니 갑자기 모든 것이 참을 수 없이 갑갑하게 느껴지면서, 지금 당장 밖으로 나가 사람들과 함께 밥도 먹고 차도 마시며 밤새 정겨운 이야기꽃을 피우고 싶어진다. 딱히 만날 사람은 없지만….

2020년 5월과 2021년 12월의 '사회적 거리두기'

이런 생각을 한 사람이 나 하나만은 아닌 모양이다. 놀이공원으로, 클럽으로, 한강으로, 강원도로, 제주도로…. 방구석에 앉아 생각만 하던 나와 달리 많은 사람이 기어코 나들이를 갔고, 잊을 만하면 확진자 증가 소식이 들려왔다. 2020년 3월에는 이탈리아 델리아시(市) 지안필리포 반케리 _Gianfilippo Bancheri_ 시장이 시민들에게 남긴 페이스북 영상이 화제가 되기도 했다. 코로나19 전염 방지를 위해 외출을 자제할 것을 당부하던 반케리 시장은 어느 순간 흥분해서 울분을 쏟아 내기 시작했다.

"모든 사람이 그렇게 조깅을 좋아했나요? 여러분은 무엇을 위해서 조깅하는 겁니까? 추측건대 여러분은 초등학생 시절 이후로 조깅을 하지 않았을 겁니다. 무엇을 위해서 갑자기 조깅하는 겁니까? 오늘은 일요일이고, 많은 분이 바비큐를 하러 도시를 떠났습니다. 바비큐? 지금 장난합니까? 여러분은 자신의 생명을 가지고 장난하는 겁니다. 오늘 많은 분이 아파트에서 파티를 했습니다. 바로 오늘, 일요일에요. 조금 전에도 제가 직접 가서 말렸습니다. 모두 자신은 건강하고 건물 안에만 있었다고 하더군요. 저는 그분들에게 그렇게 하다 감염된다고 말했습니다. 자가 격리란 말은 가족과 지내라는 것이지 이웃과 파티를 하라는 말이 아닙니다. 언제부터 이웃과 그렇게 가깝게 지냈습니까? 언제부터 다른 사람과 그렇게 다정하게 어울렸나요!"

내가 이 글을 처음 쓴 건 2020년 5월 6일이다. 많은 사람의 노력으로 45일간 사회적 거리두기를 종료하고 '생활 속 거리두기'로 전환한 첫날이었다. 당시의 소감을 나는 이렇게 썼다. 어차피 나는 밀린 일(프리랜서에게 모든 일은 밀린 일이다)을 하느라 내내 집에 있었다. 그전에도 그랬고, 앞으로도 그럴 것이다. 그렇지만 마음이 한결 가벼워진 것만은 사실이다. 이제는 외출해서 사람을 만나고 싶다는 생각도 딱히 들지 않는다.

한편 이 글을 수정하고 있는 지금은 2021년 12월 29일이다. 수많은 의료진의 노력으로 백신 접종이 빠르게 이루어진 덕에 지난 11월 1일 '위드 코로나'를 통해 코로나19 이전의 일상을 회복하기 위한 첫걸음을 조심스럽게 내딛는가 싶었지만, 오미크론이라는 전파력 높은 변이 바이러스가 유입되고 일일 확진자가 7,000명을 넘어서며 6주 만에 다시 사회적 거리두기 강화 조치에 들어간 상황이다. 소감이라면 글쎄, 이제는 코로나19 이전의 일상이 어땠는지 기억나지 않는다. 며칠 전에는 아이의 생일이었다. 생각해 보면 아이의 인생에서 마스크를 쓰지 않아도 됐던 기간보다 마스크를 써야만 하는 기간이 더 길었다. 걸음마를 뗀 후로는 외출을 할 때면 언제나 마스크를 써야만 했다는 말이다.

'사회적 거리두기'는 다른 신조어와 다르다

지금까지 '존버', '취준생', '비혼', '뉴트로', '인싸와 아싸' 등의 신조어를 다뤄 왔다. 보다시피 이번 주제는 '사회적 거리두기'다. '사회적 거리두기'와 다른 신조어들 사이에는 몇 가지 차이점이 존재한다.

1. 위에서 아래로 전파됨

2. 주로 공적 미디어를 통해 폭발적으로 사용됨

3. (엄밀히 말하면) 신조어가 아님

먼저 3번에 대해 말해 보자. 위키백과에 따르면 '사회적 거리두기'는 "감염관리의 종류 중 하나이며 사회적 거리두기의 목표는 감염된 사람과 감염되지 않은 사람 사이의 접촉 가능성을 감소시켜 질병의 전파를 늦추고 궁극적으로 사망률을 최소화하는 것이다. 개인 또는 집단 간 접촉을 최소화하여 감염병의 전파를 감소시키는 공중보건학적 감염병 통제 전략"이다. 즉 신조어라기보다는 전문용어에 가깝다.

한편 2020년 5월 18일 당시 네이버 뉴스에서 사회적 거리두기를 검색했을 때 모두 19만 8,280건의 기사를 찾을 수 있었다. 이 가운데 2020년 이전 기사는 단 8건에 불과했다. 그중 날짜가 잘못 입력된 3건(2020년 기사인데 2019년으로 나옴)과 'social distancing'이 아닌 'social distanciation'의 역어로 사용된 3건을 제외하면 오직 2건만 찾아볼 수 있을 뿐이었다(2009년 신종플루 유행

당시 기사와 2015년 메르스 유행 당시 기사 각각 1건). 그러니 우리 사회에서 '사회적 거리두기'는 신조어로 보는 것이 타당할 듯하다. 2020년 1월 31일부터 2020년 5월 18일까지 석 달 넘는 기간 동안 무려 19만 8,272건의 기사에 등장한 것이다.

이런 폭발적인 사용의 원인은 '사회적 거리두기'가 불특정한 사람들에 의해 만들어져 입에서 입(혹은 웹에서 웹)을 타고 아래에서 위로 전파되는 일반적인 신조어와 달리, 정부의 정책을 통해 위에서 아래로 전파됐기 때문이다. 2020년 2월 이후로 '사회적 거리두기'는 우리에게 무엇보다 익숙한 단어가 되었다.

SNS에서 가까워지기

'사회적 거리두기'란 단어가 재밌는 이유는, 드러내는 동시에 감추기 때문이다. 먼저 이 말은 지금까지 우리가 사회적으로 얼마나 (지나치게) 가까웠는지를 보여 주며 당연한 것들에 질문을 던진다. 수많은 회사원이 꼭 같은 시간에 같은 '지옥철'을 타고 회사로 출근해야 하는지, 좁은 회의실에서 얼굴을 맞대며 회의하고 술잔을 돌리면서 회식해야 하는지 같은 비교적 지엽적인 문제부터 인구의 대부분이 좁은 도시에서 바글바글 밀집해 살 필요가 있는지, 자연을 파괴하는 경제활동을 언제까지 지속해야 하는지 같은 커다란 당면문제에 이르기까지 우리가 당연하게 생각해 온 삶의 방식을 돌아보게 만드는 것이다.

동시에 '사회적 거리두기'란 단어는 우리가 이를 철저히 실천해도, 아니 철저히 실천할수록 오히려 사회적으로 더 가까워진다는 사실을 감춘다. 그렇다. 나는 지금 SNS를 말하고 있다. 코로나19 여파로 넷플릭스나 유튜브 같은 콘텐츠 서비스와 함께 페이스북, 인스타그램, 트위터 등의 사용량이 증가하면서 우리는 그 어느 때보다 더 많은 시간을 네트워크에서 함께 보내게 됐다. 그러니까 실은 '사회적 거리두기'를 통해 개개인이 전보다 더 사회적으로 멀어진다기보단, 전과는 다른 방식으로 더 가까워진다고 해야 맞겠다.

여기에 대해서 할 말이 많지만 그건 다른 이야기가 될 듯하다. 내가 최근에 산 책 중에 실리콘밸리의 구루(guru)라고 불리는 재런 러니어Jaron Z. Lanier가 지은 『지금 당장 당신의 SNS 계정을 삭제해야 할 10가지 이유』(2019, 글항아리)가 있는데, 참고로 목차는 다음과 같다.

머리말. 고양이에 관하여

논점 1. 당신은 자유의지를 잃어 가고 있다

논점 2. 소셜미디어 사용 중단은 이 시대의 광증을 물리친다

논점 3. 소셜미디어는 당신을 꼴통으로 만들고 있다

논점 4. 소셜미디어는 진실을 훼손한다

논점 5. 소셜미디어는 당신이 하는 말을 의미 없게 만든다

어떤가, 목차만 봐도 무시무시하지 않은가? 내가 이 책을 끝까지 읽지 못한 이유는 물론 SNS 때문이다. 책을 읽으며 SNS에 올리고 싶은 문구가 너무 많아서 중간중간 사진을 찍느라 어쩔 수 없이 독서를 멈춰야만 했다. 그러다 어느 순간 아예 책을 덮고 본격적으로 SNS를 하느라…. 아무래도 지금 내게 무엇보다 필요한 것은 또 다른 종류의 사회적 거리두기인 듯하다. 정확히 말하면 '사회관계망 서비스적 거리두기'. 하지만 그건 좀처럼 쉽지 않은 일이다. 얼마나 쉽지 않냐면, 내가 위 문장을 쓴 것은 2020년 5월이지만, 2021년이 끝나는 지금까지도 실행에 옮기지 못했을 정도다. 지금 나와 SNS의 관계는 어느 때보다 더 가깝다.

손절

불확실한 세상에 대처하는 확실한 방법

인간은 사회적 동물이다. 혼자선 살 수 없다는 뜻이다. 뻔하고 식상한 이 말을 영국의 시인 존 던John Donne은 이렇게 표현했다. "세상 어느 누구도 외따로 떨어진 섬이 아니다." 과연 시인답다고나 할까. 어쩌면 이 말도 뻔하게 들릴지 모르겠다. 던이 살던 시대로부터 대략 400년이라는 시간이 흘렀다는 점을 감안하자. 아무리 빛나는 문구라도 낡고 빛바래기에 충분한 시간이다. 하지만 저 문장이 어떤 맥락에서 나왔는지 아는 사람은 여전히 드물다. 이런 글이다.

세상 어느 누구도 외따로 떨어진 섬이 아니다. 모든 사람은 대륙의 한 조각이며 대양의 한 부분이다. 흙 한 덩이가 바닷물에 씻겨 내려가면, 유럽은 그만큼 작아진다. 모래벌이 씻겨 나가도 마찬가지다. 그대와 그대 친구들의 땅이 쓸려 내려가도 마찬가지다. 그 누구의 죽음도 나를 감소시킨다. 왜냐하면 나는 인류 속에 포함되어 있기 때문에. 그러니 누구를 위하여 종이 울리는지 알아보기 위해 사람을 보내지 말라. 종은 바로 그대를 위해서 울린다.

누가 죽었길래 종이 울리는가?

1623년 11월, 던은 장티푸스와 감기 합병증에 걸린다. 일주일 넘게 고열에 시달리다가 죽음의 문턱에서 가까스로 살아난 그는 건강을 회복하는 동안 여러 편의 기도문을 쓴다. 위의 글도 그중 하나다. 첫 문장도 물론 유명하지만, 더 유명한 부분은 끝에서 두 번째 문장이다. "그러니 누구를 위하여 종이 울리는지 알아보기 위해 사람을 보내지 말라(And therefore never send to know for whom the bell tolls)." 스페인 내전을 다룬 어니스트 헤밍웨이Ernest M. Hemingway의 대표작 '누구를 위하여 종은 울리나(For Whom the Bell Tolls)'라는 제목은 바로 여기서 나왔다.

그래서 대체 누구를 위하여 종이 울린다는 건데? 헤밍웨이의 소설 제목을 처음 듣고 가장 먼저 한 생각이다. 우선 던의 기도문에서 울리는 종이 '교회의 종'이라는 사실을 염두에 둘 필요가 있다. 그 당시 영국에서는 마을 사람이 죽으면 교회의 종을 간격을 두고 천천히 울리는(toll) 풍습이 있었다고 한다. 우리말로 하면 조종(弔鐘)이다. 그러니 '누구를 위하여 종을 울리나'는, 실은 '누가 죽었길래 종을 울리는가'로 번역하는 것이 좀 더 정확하다.

그렇다면 던이 전하고자 한 의미는 분명해 보인다. 하나, 우리는 모두 죽는다("종은 바로 그대를 위해서 울린다"). 둘, 어떤 죽음도 나와 상관없지 않다("왜냐하면 나는 인류 속에 포함되어 있기 때문에"). 따라서 사람을 보내 누가 죽었는지 알아보게 할 것이 아니라 내가 직접 나가서 그 사람의 죽음을, 우리 모두의 상실을 애도해야 한다.

헤밍웨이가 소설을 통해 다룬 스페인 내전은 단순히 한 나라에서 벌어진 내란이 아니었다. 세계 각국의 평범하고 특별한, 수많은 사람이 저마다의 신념을 지키기 위해 목숨 걸고 참전한 세계사적 사건이었다. 조지 오웰, 앙투안 드 생텍쥐페리, 앙드레 말로, 파블로 네루다, 시몬 베유 등 참전한 작가 명단만으로도 이 지면을 채울 수 있다. 물론 헤밍웨이도 스페인 내전에 참전했다. 왜? 세상 어느 누구도 외따로 떨어진 섬이 아니기 때문에.

손절 vs. 존버

우리는 혼자 살 수 없어서 누군가를 만난다. 또 누군가를 만나기 때문에 결국엔 헤어지고 만다. 만남도 헤어짐도 모두 피할 수 없다. 누군가와 헤어진다는 것은 단순히 그 사람과 더는 만날 수 없다거나 이제 만나지 않는다는 사실만을 뜻하지 않는다. 이별은 '나'라는 대륙의 모양이 달라진다는 것, 그리하여 헤어지기 전과는 다른 사람이 된다는 것을 의미한다. 우리는 살면서 가까워지고 멀어진 사람들의 흔적으로 점철된 존재다. 사람들은 오고, 또 사람들은 간다. 밀물과 썰물처럼. 자아의 모양을 사진으로 찍는다면 우리에게는 모두 리아스식해안과 같은 복잡한 경계가 있을 테다.

그러니 헤어짐을 뜻하는 단어가 이렇게 다양한 것도 이해가 된다. '작별, 고별, 석별, 배별, 봉별, 송별, 별리' 같은 명사부터 '이별하다, 돌아서다, 갈라지다, 결별하다, 절교하다, 단교하다, 담쌓다, 의절하다, 단절하다' 같은 동사에 이르기까지.

단어 각각의 세세한 차이를 『국어사전』은 섬세하게 짚어 내지 못한다. 믿지 못하겠다면 직접 확인해 보라. 『국어사전』을 찾아보는 일은 언제나 도움이 된다. 비록 요즘엔 '모르는 개 산책이다'라는 말도 있는 모양이지만(이는 '모르는 게 상책이다'를 들리는 대로 적은 말이며, 『국어사전』을 찾아보면 이런 참사를 방지할 수 있다. 무척 귀여운 참사이긴 하지만)….

나는 여기서 헤어짐을 가리키는 여러 단어의 차이를 짚을 생각은 없다. 그러기 위해서는 더 많은 지면과 능력이 필요하다. 그런 말들의 뉘앙스를 감별하는 일은 시인의 몫이다. 다만 나는 최근에 그 목록에 추가된 단어에 대해 말하고 싶다. 바로 '손절'이라는 단어다.

'손절매(損切賣)'는 영어의 '로스컷(loss cut)'을 우리말로 옮긴 주식용어다. 『표준국어대사전』에 따르면 "앞으로 주가가 더욱 하락할 것으로 예상하여, 가지고 있는 주식을 매입 가격 이하로 손해를 감수하고 파는 일"을 뜻한다. 복권을 산 사람이 당첨되길 희망하는 것처럼, 주식을 산 사람은 당연히 주가가 오르기를 희망한다. 그런 희망이 사라졌을 때 사람들은 손절매를 한다.

우리가 희망하는 일이 모두 이뤄졌다면 나는 이 글을 쓰고 있지 않을 것이다. 물론 여러분도 이 글을 읽고 있진 않겠지. 따라서 우리와 다르지 않은 대부분의 평범한 '개미'들은 어느 순간 원치 않는 선택의 기로에 서게 된다. 팔 것인가 말 것인가. 다시 말해 '내려간 주가가 회복할 때까지 이를 악물고 기다릴 것인가' 아니면 '더 떨어지기 전에 정리해서 손해를 조금이라도 줄일 것인가'. 전자가 존버라면 후자는 손절매다. 손절매(손해를 잘라 내는 판매)에서 '매'를 떼고, 더 일반적인 상황에 두루 사용할 수 있게 만든 단어가 바로 손절이다. 일단 아니다 싶은 생각이 들면 더 큰 손해를 보기 전에 (관계건 덕질이건 소비건 기타 등등이건) 미리미리 잘라 내 버리기.

존버와 손절은 얼핏 상반된 것처럼 보이지만, 모두 불확실한 세상에 대처하기 위한 삶의 태도다. 같은 상황에서 존버냐 손절이냐는 순전히 선택의 문제일 뿐이다. 물론 어떤 사람은 늘 존버를 택하고, 어떤 사람은 늘 손절을 택한다. 실제로 사람들은 성격에 따라 어느 한쪽을 다른 한쪽보다 선호하는 경향을 보인다.

나는 문득 이렇게 말하고픈 충동을 느낀다. 세상에는 두 종류의 사람이 있다. 존버족과 손절족. 아무것도 확신할 수 없는 세상에서 '존버족'은 우직하게(수동적으로) 믿고 기다리길 택한 사람들이다. 때때로 그들의 믿음은 보상받기도 하지만, 맹목적인 믿음은 눈덩이처럼 불어난 손해로 돌아오기도 한다. 또 그들은 진중한 듯 보이지만, 어쩌면 그저 우유부단한 것일 뿐인지도 모른다.

반면에 '손절족'은 재빠르게(능동적으로) 판단하고 결단을 내리는 사람들이다. 대체로 그들의 선택은 커다란 손해를 막는 것 같지만, 만회할 기회를 얻지 못한 작은 손해들이 쌓여 큰 손해가 될 위험이 언제나 존재한다. 또 그들은 합리적인 사람처럼 보이지만, 단순히 야박한 것일 뿐인지도 모른다. 결론은 이렇다. 어떻게 살아도 우리는 손해를 면치 못하니 인생은 곧 손해다. 어쩌면 좋지….

모든 이별은 슬프다

내가 지금 과장하고 있는 것처럼 느낀다면, 그건 내가 과장하고 있기 때문이다. 세상 사람들을 존버와 손절 두 가지 유형으로 나눌 수는 없다. 네 가지나 열두 가지 혹은 열여섯 가지로 나눌 수 없는 것과 마찬가지다. 끼워 맞출 수 없는 것을 억지로 맞추려고 하다 보면, 우리는 어쩔 수 없이 과장하게 된다. 그러니 무언가(혈액형별 성격이건 별자리에 따른 하루 운세건 MBTI건)를 믿을 때는 조심해야 한다. 우리도 모르는 사이에 그것이 우리의 세계를 좁고 단순하게 만들 수 있으니.

내 생각에 손절이라는 말은 과장된 태도의 산물이다. 세상을 자신에게 손해가 되는 일과 이익이 되는 일로 나눠서 생각하는 이

분법적인 시각의 반영인 것이다. 하지만 세상은 주식시장이 아니며, 인생 역시 투자가 아니다. 우리는 다른 사람들과 맺는 관계를 통해 이 세상의 일부를 이루고 있고, 따라서 우리는 모든 일에 어느 정도는 연루된 셈이다. 그러니 무 자르듯 깨끗하게 잘라 낸 다음 아무 일 없다는 듯 내 갈 길을 갈 수는 없다.

누군가를 잘라 내는 일은 결국 나 자신을 잘라 내는 일과 같다. 우리는 인류 속에 포함된 존재이기 때문이다. 오해하면 안 된다. 지금 모든 관계를 소중히 여겨야 한다는 식의 이야기를 하는 것이 아니다. 어떤 손해를 감수하더라도 반드시 잘라 내야 하는 관계들이 있다. 하지만 관계를 나에게 손해가 되는 관계와 이익이 되는 관계로 나누고, 손해가 되는 관계를 계속 잘라 내는 방식으로 인생을 살아갈 순 없다. 그러다가는 세상도 나도 더는 남아나지 않을 테니까.

내가 아직도 과장하고 있는 것처럼 느껴진다면, 그건 내가 아직도 과장하고 있기 때문이다. 어쩌면 나는 손절이라는 단어에 과도한 의미를 부여하며 끼워 맞출 수 없는 것을 억지로 끼워 맞추는 중인지도 모른다.

그러니 솔직하게 말하자. 나는 손절이라는 단어가 싫다. 이유는 얼마든지 찾을 수 있다. 내가 어느덧 꼰대가 됐기 때문일 수도 있고, 실은 존버족이어서 그럴 수도 있다. 아니면 얼마 전에 20년 동안 가깝게 지낸 후배에게 영문도 모른 채 손절을 당했기 때문일 수도 있고….

　하지만 무엇보다 슬프기 때문일 것이다. 모든 이별은 슬프다. 어떤 이별을 손절이라고 바꿔 부르는 세태는 더 슬프다.

맛관부

관심이 곧 돈이 되는 세상이라니

아시다시피 올리버 색스Oliver W. Sacks는 세계적인 신경학자이자 베스트셀러 저술가다. 양치식물, 소철, 지렁이, 광석, 모터사이클, 수영, 훈제연어, 신선한 청어, 바흐 등을 애호하는 박애주의자인 그가 그중에서도 가장 사랑한 것은 단연 '낱말'이다.

많은 작가가 낱말을 사랑한다. 자신만의 낱말 수집 노트를 지니고 다니는 작가도 적잖다. 나 역시 심심할 때면 입안에서 사탕을 오물거리듯 새로 채집한 낱말들을 혀 위에 굴리며 놀기도 한다. 하지만 색스처럼 잠들기 전 '가벼운' 읽을거리로 거대한 사전을 들고 돋보기와 함께 침대에 들어가는 작가는 많지 않다.

"그는 어원 찾는 것을 좋아했고 동의어와 반의어, 속어, 욕, 회문(回文)[2], 해부학용어, 신조어를 즐겨 익혔다"[3]라고 미국의 작가 빌 헤이스Bill Hayes는 말했다. 헤이스는 세상을 떠난 연인인 색스를 추억하며 회고록 『인섬니악 시티』(2017, 알마)를 썼다. 이 책에 따르면 낱말 사랑이 대단했던 색스는 낱말 꿈을 자주 꾸었으며, 때로는 꿈에서 새로운 낱말을 만들어 내기도 했다고 한다.

하지만 색스는 원칙적으로 축약어 사용에는 반대했다는데, 헤이스가 책에서 이 이유를 구태여 밝히지 않은 까닭을 추측하기란 그리 어렵지 않다. 축약어, 그러니까 줄임말에서 확인할 수 있는 건 언어를 경제적으로 사용하겠다("길게 말하면 입만 아프다")는 언중의 의지이지, **지적 유희를 하거나 사회 현실을 논평·풍자하려는 생각이 아니기 때문이다.** '버카충'(버스카드 충전)이나 '아아'(아이스 아메리카노) 같은 단어들에서 일말의 지성의 흔적이라도 찾으려면 대단한 '착즙'이 필요할 것이다.

관심이 곧 돈이 되는 사회

물론 예외는 있다. 내가 이 책에서 다루고 있는 몇 개의 줄임말이 대표적인 예다. 1장의 '존버'·'취준생', 2장의 '국룰', 3장의 '인싸와 아싸', 4장의 '틀딱' 등등 **모두 동시대 한국 사회의 어떤 경향을 적확하게 포착하는 단어들이다.**

이 단어들을 보기만 해도 딱(!) **머릿속에 하나의 그림이 떠오르지 않나?** 부(富)의 재분배가 제대로 이루어지지 않으며 양극화가 점점 더 심해지는 현실에서 세대 간 격차(틀딱)와 세대 내 격차(인싸와 아싸)가 동시에 벌어지고, 안정적인 직장을 찾기 위해 고시 공부를 하듯 준비하거나(취준생) 주식과 가상화폐에 투자하며 인생역전을 기다리고(존버), 다양한 선택지 앞에서 손실을 최대한 줄이고자 다수의 사람이 검증한 길(국룰)을 따르는 **타오르는 동시대 한국인의 초상이…**.

오늘 다룰 또 하나의 줄임말인 '많관부'도 마찬가지다. 이는 오늘을 살아가는 우리의 욕망을 투명하게 드러낸 단어다. 줄이지 않은 온전한 "많은 관심 부탁드립니다"라는 말엔 이상할 게 없다. 오래전부터 가수·배우·작가·감독 같은 직업을 가진 사람들이 새로운 작품을 홍보하려고 나온 자리에서 으레 하던 말이다. 먹고살려면 다른 사람들의 관심이 필요하기 때문이다. 반대로 말하면, 그런 직업을 갖지 않은 사람은 살면서 그 말을 쓸 일이 딱히 없다.

특정한 직업군의 사람들이 주로 쓰던 말이 점점 더 많은 이의 입에 오르내리며 축약된 배경에는, 관심이 곧 돈이 되는 '주목(관심) 경제 사회'가 있다. 아니, 어쩌면 관심 자체가 새로운 화폐나 다름없게 되었는지도 모르겠다. '무플보다 악플이 낫다'는 이야기도 이제 옛말이다. 많은 사람이 100개의 선플보다는 1만 개의 악플을 원하고, 심지어 '어그로 끌기'도 서슴지 않는다. 마치 깨끗한 돈과 더러운 돈이 따로 있지 않다는 듯이. 가짜뉴스와 '낚시'도 주목 경쟁의 어두운 단면이다. 일단 사람들의 주목을 끌 수 있다면 다른 건 아무래도 좋다고 생각하는 걸까?

그러니 아무리 섹스가 무덤에서 살아 돌아온다고 하더라도 '많관부'를 반대하지는 못할 것이다. 좀비처럼 되살아난 섹스의 뇌가 과연 할 수 있는 게 있기나 할지 의문이긴 하지만…. 그럼에도 색스가 이 코너를 깔깔대며 즐겁게 읽으리라는 건 확신할 수 있다. 왜 아니겠는가?

왜 나야? 왜?

고백하자면 나는 지금 이 글을 무척 힘겹게 쓰고 있다. 대부분의 마감은 힘들지만 어떤 마감은 조금 더 힘들다. 그건 내가 '많관부'라는 단어와 그 뒤편에 어른거리는 현실에 약간(실은 많은) 불만을 품고 있기 때문이다.

지금보다 어리고 민감하던 시절 나는 "그러니 나를 좀 제발 그냥 놔두시오!"라고 외치는 인물이 등장하는 파트리크 쥐스킨트Patrick Suskind의 『좀머 씨 이야기』(1991)를 읽고, 세상에서 멀어지고자 하는 사람들이 나오는 퍼시 아들론Percy Adlon의 영화 〈연어알〉(1991)을 보며, "I'm not here"라는 가사가 반복적으로 흐르는 라디오헤드Radiohead의 〈How to Disappear Completely〉(2000)를 들었다. 아울러 그것들과 비슷한 결을 지닌 수많은 작품과 함께 적잖은 시간을 보냈다.

그때 나는 남들 앞에서 발표한다는 생각만으로도 손이 벌벌 떨리고, 가창 시험 날짜가 정해지면 일주일 전부터 밤잠을 이루지 못하는 청소년이었다. 이어서 나는 MT나 각종 뒤풀이 자리에서 장기자랑 비슷한 걸 시작할 낌새가 보이기만 해도 화장실에 숨는 대학생이 되었고, 회의 시간에 의견을 똑바로 말하려면 혼자 심호

흡해야만 하는 사회인이 되었으며, 결국엔 옷이나 화장품을 사러 갈 때 직원이 혹시라도 말을 걸까 봐 일부러 눈을 피하는 어른이 되었다.

나는 '관종'이나 '어그로' 같은 단어가 순수한 멸칭으로만 쓰이던 시기를 기억한다. 이 단어들에 대한 내 감각은 여전히 과거에 머물러 있다. 그렇다, 나는 관심이 정말 싫다. 내게 쏠리는 원치 않은 관심도, 무작정 타인의 관심을 갈구하는 사람들의 행태도.

문제는 내가 작가라는 사실이다. 독자들의 관심이 없다면 유지될 수 없는 직종이다. 어쩌면 직업을 잘못 선택한 것인지도 모른다. 술을 좋아해서 술집을 차렸는데, 자신이 취객을 상대하는 일을 싫어한다는 사실을 뒤늦게 깨달은 불운한 술집 사장처럼.

하지만 내가 작가가 되겠다는 막연한 희망을 품던 시절에는, 그러니까 '많관부'가 아직 "많은 관심 부탁드립니다"였고 이마저도 특별한 경우가 아니면 쓰이지 않던 때엔 관심을 좋아하지 않더라도 얼마든지 작가로 살 수 있었다. 물론 그때도 책을 팔아 생계를 유지하려면 독자들의 관심이 필수였지만, 인스타그램 계정을 정기적으로 업데이트하거나 유튜브 채널을 만들진 않아도 됐다. 과거의 관심이 다소 추상적이고 눈에 보이지 않는 공기와도 같은 것이었다면, 지금의 관심은 그보다 더 구체적일 수 없는 숫자(클릭 수)와 문장(댓글)의 형태를 띤다. 모두 인터넷 때문이다.

나는 관심이 싫지만, 내 이름을 검색하는 것을 멈출 수가 없다.

나 역시 좋으나 싫으나 인터넷이 모든 것을 바꾸어 놓은 관심 경제의 시대에서 노동하고 돈 버는 사람이기 때문이다. 그건 딱히 돈이 들어올 일은 없지만 혹시나 하는 마음에 계속해서 통장 잔고를 확인하는 마음과 비슷하다.

어쩌다 긍정적인 평을 보면 잠깐 기분이 좋아진다. 나쁜 평을 보면 칠레의 작가 로베르토 볼라뇨Roberto Bolaño를 생각한다. 언젠가 볼라뇨는 이렇게 말했다. "누군가 나를 나쁘게 말한 것을 읽을 때마다 나는 울음을 터뜨린다. 바닥을 질질 기어다니고 온몸을 긁어대며 글쓰기를 영원히 그만둔다. 입맛도 잃고 담배도 덜 피우고 스포츠에 사로잡힌다. 나는 우리집에서 30미터도 떨어져 있지 않은 바닷가 절벽으로 산책을 나가, 율리시스를 삼킨 물고기를 잡아먹은 조상을 둔 갈매기들을 향해 이렇게 묻는다. 왜 나야? 왜? 나는 당신들에게 아무런 해도 끼치지 않았는데."[4]

많은 관심 부탁드립니다

글쓰기에는 두 종류가 있다. 다루는 대상과 거리를 둔 상태에서 그것을 조망하는 글쓰기와, 다루는 대상과 밀착한 상태로 그것과 함께 혹은 그것에 둘러싸여서 하는 글쓰기. 주목 경제라는 주제로 '거리를 둔 상태의 글쓰기'를 하는 건 어쩌면 불가능하다. 우리는 모두 그것과 연관되어 있으며, 내가 쓴 글은 다시 주목 경제의 메커니즘에 들어가 사람들의 관심을 받으며 상호 작용하기 때문이다. 그래서 나는 여기서 얼치기 분석을 시도하는 대신, 주목 경제 시대에 가장 선호되는 두 종류의 글쓰기 전략을 차용하며 사람들의 관심을 끄는 방식을 보여 주려고 했다.

전략 1은 바로 '어그로'다. 읽는 사람을 도발하여 관심을 모으는 전략이다. 눈치챘겠지만 볼드체로 표시된 문장들이 그에 해당한다(그러니 오해는 마시길). 전략 2는 소위 말하는 '진정성'이다. 나는 고백이라는 오래된 수법을 통해 진실하다는 인상을 주려 했고, 다소 소극적이고 수동적인 태도로 '인싸력'이 떨어지는 스스로를 공개하며 공감을 구하고자 했다. 가능하다면 약간의 동정도….

이런 시도가 얼마나 성공했는지 모르겠다. 솔직히 말하면 알고 싶지 않다. 이 말은 진심이다. 동시에 나는 이 글을 읽는 독자들에게 앞으로도 『그래서… 이런 말이 생겼습니다』에 많은 관심 부탁드린다고 말하고 싶다. 이 말도 진심이다.

어쩌면 진정한 문제는 바로 여기에 있는지도 모른다. 미국의 작가 지아 톨렌티노Jia A. C. Tolentino가 『트릭 미러』(2021, 생각의힘)에서 말했듯 "이제 자본주의의 미개발된 땅은 인간의 자아 밖에 없"고 "모든 것이 부품을 재사용하기 위해 떼어 내는 방식으로 이루어진다. 물건과 노동뿐만 아니라 개성과 관계와 관심도 그렇다".[5] 주목 경제를 살아가는 우리는 조금씩 찢기고 분열되어 있는 것이다. 당신 눈앞의 나와 이 글처럼.

가짜뉴스

좋은 뉴스? 나쁜 뉴스? 이상한 뉴스!

좋은 뉴스와 나쁜 뉴스가 있다.

나쁜 뉴스는 얼마 전 핵물질을 실은 기차가 미국 신시내티에서 납치당했으며, 그 기차가 어디에 있는지 아직 알려지지 않았다는 소식이다. 익명을 요구한 정부 관계자는 이번 사건은 역사상 최악의 절도 사건으로, 자칫하면 인류가 사라질 수 있는 절체절명의 위급 상황이라고 경고했다. 뱅(Bang)! 한 번의 폭발로 모든 것이 끝난다는 말이다.

좋은 뉴스는 핵물질 도난 사건도, 그에 대한 정부 관계자의 코멘트도 모두 거짓말이라는 사실이다. 미국의 인공지능 연구기관인 오픈AI(OpenAI)에서 개발한 글쓰기 인공지능 시스템 'GTP-2'가 지어낸 가짜뉴스다. 그러니 혹시 지구가 멸망하면 어떡하나 걱정할 필요 없이 지금처럼 졸린 눈을 비비며 학교와 회사에 가고, 아무 관심 없는 주제를 들으며 사교적인 웃음을 지으며, 선생님과 부모님과 직장 상사의 잔소리를 들으면 된다. 휴, 정말 다행이지

뭐야!

그런데 이게 정말 좋은 뉴스일까?

가짜뉴스의 두려움

세계에서 가장 유명한 디스토피아 소설 『1984』(1949)에서 조지 오웰은 오세아니아, 동아시아, 유라시아라는 이름의 초강대국으로 삼등분된 세계를 그린다. 비슷한 모습의 전체주의 체제인 세 국가는 서로 완벽한 힘의 균형을 이루고 있다. 다른 나라를 정복할 수는 없지만, 반대로 다른 나라에 정복당할 염려도 없는 것이다.

따라서 각국 정부가 경계하는 것은 외부가 아닌 '내부의 위협'이다. 그렇기에 그들은 끊임없이 전쟁을 한다. 국민을 겁에 질리게 하고 정신을 빈곤하게 만들어 국가에 맹목적인 충성을 바치도록 만들기 위해서다. 하지만 진짜 전쟁을 하기엔 위험 요소가 너무 많다. 한 나라에서 핵폭탄이라도 터뜨리면 모두 끝장난다. 필요한 것은 사람들이 전쟁 중이라고 믿게 하는 방법, 바로 가짜뉴스다.

이런 걸 보면 오픈AI가 애써 개발한 GTP-2를 고심 끝에 폐기하기로 결정한 일도 이해된다. 성능이 좋지 않아서가 아니다. 오히려 그 반대다. 80만 개의 인터넷 페이지를 통해 15억 개의 단어를 학습한 GTP-2는 단어나 문장을 입력하면 뉴스부터 논문, 수필, 심지어 판타지소설에 이르기까지 다양한 장르의 글을 척척 써내는 능력을 가졌다. 바로 그런 능력 때문에 연구소 측은 인공지능이 만든 논리적이고 완벽한 가짜뉴스가 사회를 혼란에 빠트릴 수 있다고 판단한 것이다.

하지만 글쓰기 AI를 폐기한다고 해서 가짜뉴스가 사라지는 것은 아니다. 우리는 이미 인간이 만들어 낸 가짜뉴스가 넘쳐 나는 사회에 살고 있다. 가짜뉴스는 점점 늘어나는 추세이며, 특별한 조치가 없는 한 줄어들 것 같지 않다. 기술 발전의 추이를 생각하면 아무리 GTP-2를 없앤다고 해도 조만간 이와 비슷하거나 그보다 더 뛰어난 능력의 글쓰기 AI가 나타날 것이 분명하다. 그리고 그것은 상황에 따라 얼마든지 가짜뉴스를 만드는 데 악용될 수 있을 테다. 진짜가 가짜가 되고, 가짜가 진짜가 되는 『1984』의 세계가 더 이상 소설 속 이야기만은 아니다.

이쯤에서 짚고 넘어갈 것이 있다. 과연 '가짜뉴스'는 신조어인가? '가짜'와 '뉴스'의 결합에는 특별할 것이 없다. 허위뉴스나 거짓뉴스 같은 말들과 다를 게 없는 일반적인 조어처럼 보인다. 하지만 실제 사용 빈도를 따져 보면 문제는 달라진다. 네이버 뉴스 검색에서 "허위뉴스", "거짓뉴스", "가짜뉴스"를 검색해 보면 각각 842건, 2,325건, 14만 2,312건의 결과가 나온다(2021년 12월 31일 기준). 엄청난 차이다. 그런데 가짜뉴스의 검색 결과를 자세히 뜯어보면 더욱 큰 차이를 확인할 수 있다. 가짜뉴스라는 말이 포함된 기사 14만 2,312건 가운데 2016년 이전 기사는 329건밖에 안 된다. 다시 말해 99.8%가 2016년부터 나온 기사라는 말이다! 아니, 도대체

2016년에 무슨 일이 있었던 거지?

　　2016년은 미국 대선이 있던 해다. 그 당시 대통령 후보였던 도널드 트럼프는 선거유세 기간에 노골적인 거짓말들을 늘어놓아 사람들을 충격에 빠트렸고, 대통령으로 당선된 뒤에도 아무런 근거도 없이 거짓 주장을 일삼았다. 자신의 취임식에 모인 인파가 미국 역사상 최대 규모라고 주장하거나(사진을 보면 객석이 군데군데 비어 있으며, 워싱턴메트로의 기록에 따르면 당일 취임식 근처 지하철 이용객 수는 평소보다 오히려 감소함), CIA 방문 연설을 하고 나서 자신이 기립 박수를 받았다고 주장하는 식이다(애초 직원들에게 자리에 앉으라고 권하지도 않았음).

　　이런 상황에서 트럼프의 참모진 가운데 한 사람은 라디오 인터뷰 도중 "유감입니다만 더 이상 사실 같은 건 존재하지 않습니다"라는 의미심장한 발언을 했다. 또 다른 참모는 트럼프가 취임식 관중 규모를 부풀려 말한 것이 거짓말이 아니라 '대안적 사실'이라고 주장하기도 했다.

탈진실 시대의 맞춤 뉴스, 가짜뉴스

　　『옥스퍼드영어사전』을 펴내는 '옥스퍼드대학출판부'는 해마다 올해의 단어를 선정하는데, 이런 정치적 상황을 반영해 2016년의 단어로 '탈진실(post-truth)'을 꼽았다. 탈진실이란 무엇인가? 단어 그대로 진실에서 벗어난다는 뜻이다. 진실이 아닌 것. 그렇다면 그냥 거짓 아닌가?

　하지만 여기에는 적잖은 차이가 있다. 『옥스퍼드영어사전』은 탈진실을 "감정이나 개인적 믿음이 공공 여론을 형성하는 데 객관적 사실보다 더 영향을 발휘하게 되는 상황"이라고 정의한다. 다시 말해 탈진실은 진실이 개인의 정치적 입장에 종속되며, 개인의 감정이 사실보다 중요할 수 있다는 견해를 가리킨다. 미국의 철학자 리 매킨타이어Lee C. McIntyre는 『포스트트루스』(2019, 두리반)에서 이렇게 말했다. "탈진실은 점점 더 많은 사람들이 거리낌 없이 현실을 왜곡해 자기 생각에 끼워 맞추려고 애쓰는 세계적인 트렌드로 자리 잡고 있다. 이는 진실이 중요하지 않다고 외치는 캠페인 정도로 끝나지 않는다. 정치적 맥락에 따라 어떤 사실이든 마음껏 선별하고 수정할 수 있다는 신념으로까지 이어진다."[6]

　말하자면 가짜뉴스는 이러한 탈진실 시대의 '맞춤 뉴스'다. 소셜미디어(social media)는 가짜뉴스가 유통되는 완벽한 루트가 되었다. 사람들은 자신의 취향에 맞는 타임라인을 구성하듯 입맛에 맞지 않는 전통 미디어의 사실 정보 대신, 정확성이 검증되지 않았더라도 자신이 듣고 싶은 말을 들려주는 '뉴스' 기사만 클릭할 수 있게 되었다.

　소셜미디어의 구조 자체가 자신의 선입관을 뒷받침하는 근거에만 집중하고 나머지는 무시하는 확증편향을 부추긴다. 뉴스를 보면 볼수록 선입관이 더욱 강해지는 것이다. 만약 누군가가 우리의 정치적 편향을 반박하는 뉴스 기사를 가져온다면? 한마디면 충분하다. "그건 가짜뉴스야!" 물론 상대방도 가만히 있지 않을 것이다. 반박할 말은 이미 정해져 있다. 바로 이거다. "네가 보는 게 가짜뉴스야!"

이것이 가짜뉴스의 문제다. 서로에게 가짜라고 말하는 복제인간처럼 서로를 가리켜 가짜뉴스라고 주장하는 목소리가 커질수록, 우리는 무엇이 진실인지를 파악하려고 노력하기보다 그 주제에 흥미를 잃고 관심을 돌리게 된다.

그리고 그것이 가짜뉴스를 퍼뜨리는 사람들이 진정으로 원하는 것이다. 진실과 거짓의 경계 흐리기, 진실을 애매하게 만들고 뉴스에 관심을 기울이려는 사람들을 혼란스럽게 해서 지쳐 떨어지게 만들기.

전(前) 체스 세계 챔피언이자 민주주의를 지지하는 러시아 지도자인 가리 카스파로프Garry K. Kasparov는 2016년 12월 트위터에 이런 글을 올렸다. "현대 프로파간다의 요점은 잘못된 정보를 전하거나 어떤 의제를 밀어붙이는 것만이 아니다. 우리의 비판적 사고를 소진시키는 것, 진실을 무효화하는 것이기도 하다."

그렇다면 어떻게 거짓뉴스를 구분할 수 있을까? 전문가들은 '자세히 관찰하기', '심사숙고', '비판적 읽기', '출처 확인'의 네 가지 방법을 제시한다. 수상한 구석은 없는지, 이 정보가 무엇에 관한 것이고 누구의 이익을 위한 것인지, 어디서 나온 뉴스이며 다른 곳에서는 같은 뉴스를 어떻게 보도하는지 확인해야 한다는 뜻이다. 무엇보다 중요한 점은 내게 이익이 된다는 이유로 거짓말을 용납하지 않는 '정직함'과 많은 사람이 거짓말을 마치 진실처럼 옹호할 때 '반대 목소리'를 낼 수 있는 용기다.

조지 오웰은 이렇게 말했다. "거짓이 판치는 시대에는 진실을 말하는 것이 곧 혁명이다." 그리고 또 이렇게 말하기도 했다. "만약 자유에 의미가 있다면, 자유란 사람들이 듣고 싶지 않은 사실을 알릴 권리를 뜻할 것이다." 우리가 스스로 우리의 권리를 포기하는 순간 『1984』의 암울한 전체주의 사회는 그리 멀지 않은 곳에 있다.

뇌피셜

이게 바로 내 기준이라고!

2008년 9월 네이버 지식iN에 사막여우의 수명을 묻는 글이 올라왔다. 어느 이용자가 답변을 달았다. "몰라요… 사는 대로 살다가 뒈지겠지, 뭐…" 지식의 출처는 이렇게 적혀 있었다. "내 머리."[7]

그로부터 12년 뒤 백악관의 코로나19 대응 정례브리핑에서 당시 미국 대통령 도널드 트럼프는 경제활동이 곧 재개될 것이라는 희망을 피력했다. 이때 한 기자가 경제활동 재개 결정을 내리는 데 어떤 측정 기준을 사용할 것이냐고 물었다. 그러자 트럼프 대통령은 손가락으로 자기 머리를 가리키며 말했다. "바로 여기가 측정 기준이오, 이게 내 측정 기준이라고(The metrics right here, that's my metrics)."

탈진실 시대의 사고방식

여기서 카를 마르크스Karl H. Marx의 말을 떠올리지 않을 수 없다. 마르크스는 『루이 보나파르트의 브뤼메르 18일』(2012, 비르투)

147

을 이렇게 시작한다. "헤겔은 어디선가 세계사에서 막대한 중요성을 지닌 모든 사건과 인물들은 반복된다고 언급한 적이 있다. 그러나 그는 다음과 같은 말을 덧붙이는 것을 잊었다. 한 번은 비극(悲劇)으로 다음은 소극(笑劇)으로 끝난다는 사실 말이다."[8]

오늘날 우리가 목격하는 건 이와 정확히 반대되는 상황이다. 무명의 누리꾼이 뇌피셜로 말하는 건 우습고 기껏해야 짜증 나는 일일 뿐이다. 그런데 세계에서 가장 강력한 나라의 대통령이 아무렇지 않게 뇌피셜로 말한다면? 그건 충분히 비극적이고도 으스스한 일이 될 것이다. 종말을 다룬 영화나 소설을 비극적이고 으스스하다고 말하는 것과 정확히 같은 의미에서.

2008년 무명의 누리꾼이 단 답변과 2020년 트럼프 대통령의 브리핑 사이에서 우리는 '뇌피셜'이라는 단어를 갖게 되었다. 국립국어원이 운영하는 사용자 참여형 온라인 사전 '우리말샘'에서는 뇌피셜을 "주로 인터넷상에서 객관적인 근거가 없이 자신의 생각만을 근거로 한 추측이나 주장을 이르는 말"이라고 정의한다. 하지만 일상의 평범한 대화에서부터 정치인들의 공적인 담화(혹은 공식적인 뒷담화)에 이르기까지 이 단어는 이미 꽤 오래전부터 분야를 막론하고 널리 쓰여 왔다. 포털사이트의 뉴스 카테고리에서 뇌피셜을 검색해 보라.

• 「與, 이재명 받아친 이준석 벌떼 공격… "뇌피셜 말라"」(《연

합뉴스》 2021년 6월 16일 자)

- 「나경원, "李, 윤석열 배제한 듯"… 이준석 "뇌피셜·망상"」
  (《동아일보》 2021년 6월 7일 자)
- 「한동훈 "조국 회고록 하나같이 뇌피셜… 진실은 판결문에"」(《매일경제》 2021년 6월 1일 자)

바야흐로 탈진실의 시대다. 미국의 철학자 리 매킨타이어는 『포스트트루스』에서 탈진실의 문제는 단지 터무니없는 주장을 하기 때문이 아니라고 말한다. "자신이 진실이라고 믿고 싶은 사실이 다른 어떤 사실보다 중요하다고 생각하는 전반적인 분위기가 문제"라는 것이다.[9]

결국 진실이나 정확한 출처보다 중요한 것은 그럴듯한 이야기, 나와 같은 생각을 공유하는 사람들이 듣고 싶어 하는 이야기다. 가짜뉴스가 이러한 탈진실 시대의 '맞춤 뉴스'라면, 뇌피셜은 탈진실 시대를 살아가는 개개인의 사고방식 그 자체다.

잊을 수 없는 뇌피셜의 추억

물론 여기에는 오해의 소지가 있다. 탈진실이라는 트렌드와 뇌피셜을 엮어서 이야기하기 쉽지만, 뇌피셜을 비단 오늘날만의 문제라고 말하기는 힘들다. 매일매일을 살아가며 우리는 늘 다른 사람들의 뇌피셜에 노출되는 한편, 스스로 뇌피셜을 만들어 내기도 한다. 간단한 착각, 잘못된 기억, 근거 없는 확신 등이 모두 여기에 속한다.

내게도 잊고 싶지만 좀처럼 잊히지 않는 뇌피셜의 추억이 있다. 몇 년 전, 지인들과 커피숍에 모여 커트 러셀Kurt V. Russell 주연의 영화 〈괴물〉(1982)을 만든 감독 존 카펜터John H. Carpenter에 관해 이야기하던 때였다. 우리는 〈매드니스〉(1994), 〈L.A. 2013〉(1996), 〈슬레이어〉(1998), 〈화성의 유령들〉(2001) 등 걸작과 괴작 사이에 있는 카펜터의 작품에 얽힌 기억을 한동안 늘어놓다가, 각본을 쓰고 연출을 하고 연기를 하는 것도 모자라 심지어 사운드트랙까지 직접 작곡하는 그의 능력에 대한 찬탄을 이어 갔다.

"근데 사실 작곡 잘하는 건 당연한 거 아니에요?" 내가 이렇게 말하자 지인들의 머리 위에 하나둘 물음표가 떠올랐다. "보컬 그룹 카펜터스Carpenters 출신이잖아요. 저는 뮤지션 출신이 영화를 잘 만드는 게 더 신기하던데…" 이윽고 실내가 술렁이기 시작했다. 그게 무슨 소리냐며, 농담하지 말라는 지인들을 그윽이 바라보면서 나는 카펜터스의 노래 〈Top of the World〉(1972)를 흥얼거렸다. "서치 어 필링스 커밍 오버 미(Such a feelin's comin' over me), 데어 이즈 원더 인 모스트 에브리싱 아이 시(There is wonder in most everything I see)…."

내 말이 뇌피셜로 밝혀지는 데는 그리 많은 시간이 걸리지 않았다. 구글링 한 번으로 끝이었다. 카펜터스의 멤버는 리처드 카펜터Richard L. Carpenter와 캐런 카펜터Karen A. Carpenter 남매이고, '카펜터'라는 성만 같을 뿐 이들은 존 카펜터와 아무런 관계가 없었다. 내가 지휘자 금난새와 아무 관계도 아닌 것처럼….

그때 나는 진심으로 당황했다. 부끄러운 건 둘째로 치고, 내가 철석같이 믿고 있던 '사실'이 사실이 아니라는 사실을 좀처럼 믿을 수 없었기 때문이다. '존 카펜터가 카펜터스가 아니라고? 리얼리?' 하는 생각이 절로 들었다. 분명 어떤 블로그에서 '존 카펜터가 카펜터스 출신인데 영화도 잘 만들어서 너무 놀랍다. 역시 창조성이라는 건 하나의 매체에 국한된 게 아니라는 사실을 느낀다'라는 식의 글을 본 기억이 있는데. 심지어 글쓴이가 포스팅에 첨부한 〈괴물〉의 한 장면도 생생하게 떠올릴 수 있다고….

그렇다면 나는 누군가 뇌피셜로 올린 블로그 포스팅에 깜박 속고 말았던 걸까? 하지만 이 또한 확신할 순 없다. 존 카펜터와 카펜터스에 대한 블로그 포스팅을 봤다는 기억 자체가 뇌피셜일 가능성을 배제할 수 없기 때문이다. 다시 말해 '존 카펜터가 카펜터스 출신'이라는 잘못된 믿음이 어떻게 생겼는지는 모르겠지만, 그 믿음이 깨지면서 나 자신을 보호하고 납득시키기 위해 만들어 낸 가짜 기억일 수도 있다. 혹은 지금 이 글을 쓰기 위해 과거를 회상하는 과정에서 만들어진 가짜 기억일 수도 있고. 아니면 존 카펜터와 관련된 일화 전부가 가짜 기억이거나….

내가 틀렸을지도 모른다는 생각

물론 우리는 '통 속의 뇌'[10]가 아니며, 어떤 미친 과학자가 전기 자극을 주고 있는 상황도 아니다. 우리의 뇌가 늘 이런저런 형태의 뇌피셜을 만들어 내는 건, 어떤 오류라기보다는 차라리 뇌의 본질처럼 보인다. 영국의 생물학자 루이스 월퍼트 Lewis Wolpert는 저서 『믿음의 엔진』(2006)에서 동물의 뇌와 인간의 뇌를 구분하는 가장 큰 특징은 '인과적 믿음'이라고 주장한다. 우리의 뇌엔 삶에 영향을 미치는 사건들을 끊임없이 인과적으로 설명하는 '믿음 엔진'이 존재하며, 이는 우리가 위험을 피하고 문명을 발전시키는 동력이라는 이야기다.

태어난 지 이제 막 30개월이 지난 내 딸만 봐도 충분히 납득할 수 있는 주장이다. 딸 아이가 말을 배우며 가장 많이 사용하는 접속사는 '그래서'인데, 두 개의 문장 혹은 두 개의 사실을 '그래서'로 연결하며 인과관계를 만들곤 한다. 물론 어른인 내가 보기에 그 인과관계는 종종(실은 자주) 사실과 다르다. 하지만 무척 귀엽다. 믿을 수 없을 정도로….

월퍼트는 삶에서 순전히 우연으로 일어난 일을 그대로 받아들이는 사람은 거의 없으며, 대부분은 없는 사실을 만들어서라도 이유와 논리적 연관성을 찾는다고 말한다. 우리가 만들어 내는 이야기도 대개 사실과 거짓의 경계에 있고, 만들어 낸 이야기의 일관성과 실제 세상이 충돌하는 경우 우리는 종종(실은 자주) 진실이 아니라 일관성을 따른다.

따라서 가짜뉴스와 뇌피셜은 얼핏 보기엔 비슷하지만 구분해서 생각할 필요가 있다. 가짜뉴스의 범람은 뉴스라고 해서 곧이곧대로 믿으면 안 된다는 경각심을 우리에게 일깨워 준다. 한편 뇌피셜이 주는 교훈은 내 생각이 아무리 믿음직해 보인다고 해도 무작정 믿지는 말라는 것이다.

언제나 그렇듯 지붕 위에 앉아 타자기를 두드리는 스누피에게 찰리 브라운은 말한다. "책을 쓰고 있다면서? 좋은 제목을 찾길 바란다." 그러자 스누피는 생각한다. '그럼, 완벽한 제목이 있지.' 스누피가 쓰고 있는 책의 제목은 바로 '당신이 틀렸을지도 모른다고 생각해 본 적 있나요(Has It Ever Occurred to You That You Might Be Wrong)?'. 어쩌면 이것이야말로 지금 우리에게 필요한 책인지도 모른다.

4장

우리가 만든,
우리를 만든

틀딱

예전에도 버릇없었고, 지금도 버릇없다

시간이 흐를수록 나보다 늙은 사람들을 상대하는 일이 힘들어진다. 이유는 간단하다. 나 역시 나이를 먹기 때문이다.

그렇다고 나보다 어린 사람들을 대하기가 더 편해지는 것도 아니다. 오히려 반대다. 내가 너무 나이를 먹었기 때문이다.

영국의 소설가 조지 오웰은 이렇게 말했다. "모든 세대는 자신들의 세대가 앞선 세대보다는 똑똑하고 다음 세대보다는 현명하다고 생각한다." 물론 착각이다. 대부분 운전자도 비슷한 생각을 한다. 미국의 코미디언 조지 칼린 George D. P. Carlin은 이렇게 말했다. "나보다 느리게 운전하는 사람은 똥멍청이고, 나보다 빠르게 운전하는 사람은 또라이다!"

버릇없는 요즘 젊은것들

고대이집트 벽화에 '요즘 젊은것들은 버릇이 없다'는 글귀가 적혀 있더라는 이야기는 유명하다. 유명한 이야기가 대부분 그렇듯 진위 여부는 불분명하다. 문제의 글귀를 쓴 사람은 고대인이 아니라 발굴 작업을 하던 현대의 인부라는 설도 있고, 글귀가 새겨진 곳이 이집트 벽화가 아니라 로제타석이라고 말하는 사람도 있다 (낭설이긴 하지만!).

일찍이 "나는 생각한다. 그러므로 나는 존재한다"라는 명언을 남긴 프랑스의 철학자 르네 데카르트René Descartes도 이 문제에 한마디 보탠 바 있다. 자신의 친구가 고대 비문(碑文)을 해석했는데, 요즘 젊은이들은 버릇이 없다는 고대인의 한탄이 적혀 있었다는 것이다.

데카르트는 이렇게 덧붙였다. "지금도 하는 말을 그 시대에도 한 걸 보면 옛사람인들 지금 사람들보다 딱히 똑똑한 것 같지는 않다." 데카르트가 말하는 비석이 어느 시대의 것인지는 몰라도, 그 이야기가 1637년에 출간된 『방법서설』 프랑스어판 서문에 실렸으니 벌써 400년 전 일이다. '지금도 하는 말을 그 시대에도 했다'는 지금도 하는 말을 데카르트 시대에도 한 것을 보면, 데카르트인들 지금 사람보다 딱히 똑똑한 것 같지는 않다고 해야 할지….

두 가지는 분명하다. 모든 세대가 앞선 세대로부터 버릇없다는 말을 듣고 자란다는 사실, 그리고 어른이 되면 다음 세대를 향해 버릇없다고 말한다는 사실. 이쯤 되면 '인간은 버릇없다. 그러므로 인간은 존재한다'라고 해도 이상하지 않을 지경이다. 정리하면 이렇다.

1. 권력을 가진 기성세대가 있다.

2. 기성세대와는 다른 생각과 지향을 지닌 신세대가 등장한다.

3. 기성세대가 신세대를 향해 버릇없다고 말한다.

4. 시간이 흐른다.

5. 신세대가 기성세대로 흡수되는 동시에 기성세대가 신세대에게 밀려난다.

6. 신세대가 새로운 기성세대가 되어 권력을 갖는다.

7. 기성세대와 다른 생각과 지향을 지닌 새로운 신세대가 등장한다.

8. 기성세대가 된 (구)신세대가 새로운 (신)신세대를 향해 버릇없다고 말한다.

9. 4~8이 끝없이 반복된다….

인류 역사에서 '버릇없는' 요즘 젊은것들에게 불평을 늘어놓는 나이 든 사람들을 찾긴 쉽지만, 그에 대항하는 젊은 사람들의 목소리는 좀처럼 찾기 힘든 이유가 여기에 있다. 기성세대가 권력을 쥔 이상 늙은 사람들 욕보다 젊은 사람들 욕이 더 많이 기록되는 것은 당연하다. 권력은 언제나 기록을 독점한다.

그렇다고 해서 '버릇없는' 요즘 아이들이 어른들의 눈치나 보며 고분고분 바짝 엎드려 있지만은 않았을 테다. 면전에서 대놓고 반항하진 않더라도 종교재판소를 나오는 갈릴레오 갈릴레이Galileo

Galilei처럼 중얼중얼 비통해하며 분노를 삭이고, 자기들끼리 모여 쑥덕쑥덕 세상과 어른들을 욕하며 즐거운 시간을 보냈을 것이다. 그들이 무슨 이야기를 했냐고?

이걸 알기 위해 굳이 기록을 뒤질 필요도 없다. 모든 기성세대는 한때 신세대였고, 인간에게는 기억력이 있기 때문이다. 고대인이 남겨 놓은 기록은 없어도 젊고 버릇없던 시절의 기억은 누구에게나 있다는 의미다. 물론 개구리 올챙이 적 생각 못 한다는 말도 있긴 하지만….

젊은 세대의 분노

아무리 그래도 '틀딱'은 너무 심했다.

처음 그 단어를 봤을 때는 무슨 뜻인지 짐작도 못 했다. 틀림없이 딱딱하다? 틀리면 딱밤을 맞는다? 그런데 '틀니' + '딱딱'이라니! 나를 비롯한 수많은 기성세대가 충격을 받은 이유는 틀니가 딱딱 부딪히는 소리가 귀에서 들리는 듯 신경을 자극하는 단어의 적나라함 때문이다. 이건 나이에 따른 차별[에이지즘(ageism)] 아닌가? 노인 혐오 아니야? 이를 두고서 한국 사회의 세대 간 갈등이 극에 달했다고 이야기하는 사람도 있고, 요즘 젊은것들(정확하게 말하면 요즘-요즘 젊은것들)이 인류 역사상 어느 때보다 버릇없다는 증거라고 말하는 사람도 있다. 그런데 정말 그럴까?

분명한 점은 이런 현상이 비단 한국 사회만의 문제가 아니라는 것이다. 영국 공영방송 BBC가 오늘의 단어로 '꼰대(kkondae)'를 선정하며 많은 이의 공감을 얻었고, 영어권에서는 '오케이 부머 (OK Boomer)'라는 신조어가 소셜미디어에 등장하기도 했다. 오케이 부머는 베이비붐세대를 비판하는 말로 '꼰대 쉿', '응 아니야 꼰대', '틀니 한 달 압수' 정도로 옮길 수 있다. 인류 역사상 가장 많은 부를 누린('꿀을 빤') 세대인 동시에 자신들이 앉아 있는 의자를 내줄 생각은 않고 자리가 없어 서 있는 아래 세대들을 향해 '일해라 절해라' '고나리질'을 하는 기성세대에 대한 비판인 것이다. 뉴질랜드 의회에서 25세 녹색당 소속 클로에 스와브릭 Chlöe C. Swarbrick 의원이 연설 중에 내뱉은 '오케이 부머'는 바로 그런 의미였다. "2050년이 되면 저는 56세가 됩니다. 이번 회기에 선출된 의원님들의 평균 연령은 49세예요." 동료 의원들 사이에서 얕은 탄식이 나오고, 이내 야유 혹은 조롱의 소리도 잠시 들린다. "오케이 부머. 기존의 정치제도는 단기적인 정치적 이해관계에만 함몰돼 근본적이고 장기적인 문제를 다루는 데 완전히 실패했습니다."[1]

이런 말들이 나오는 이유를 두 가지 관점에서 살펴볼 수 있다. 첫 번째 관점은 지금 젊은 세대가 인류 역사상 최초로 부모보다 가난한 세대가 될 것이라는 전망에 주목한다. 이때 그것은 스와브릭의 말처럼 "단기적인 정치적 이해관계에만 함몰돼 근본적이고 장기적인 문제를 다루는 데 완전히 실패"한 기성세대에 대한 비난을 담고 있다.

아무리 그래도 오케이 부머(틀딱, 라떼 등등)라는 말은 너무 공격적인(싸가지없는) 것이 아닌지, 명색이 동방예의지국에서 부모 세대를 그렇게 무시해도 되는지 지적하며 말하는 이의 태도를 문제 삼을 수도 있다. 이에 《뉴욕타임스》의 테일러 로렌즈Taylor Lorenz 기자는 다음과 같이 말한다. "아마 젊은 세대는 그럼 이렇게 말할 거예요. 기성세대야말로 젊은 세대의 바람과 간절한 외침을 철저히 묵살해 온 거 아니냐고 말이죠. 기후변화나 등록금 문제 등 자라나는 세대에게 가장 절박하고 심각한 문제들을 개선하기 위해 이들은 거리로 나서기도 했지만, 그럴 때마다 앞장서서 '어린것들이 뭘 아냐'며 귀를 닫고 무시한 것이 바로 베이비붐세대로 대표되는 기성세대의 '꼰대적 관점'이라는 거죠."[2]

첫 번째 관점이 자본주의와 민주주의의 총체적 실패에 관한 것이라면, 두 번째 관점은 인터넷이 가능하게 한 (상대적으로) '평등한 소통'에 가치를 부여한다. 앞서 살펴봤듯 과거에는 기성세대를 향한 젊은 세대의 분노가 제대로 조명될 기회가 없었다. 지금까지는 젊은 세대가 기성세대를 밀어내고 그 자리를 차지한다 해도, 젊은 세대가 기성세대의 권위를 찬탈한다기보다는 나이를 먹으며 자연스럽게 기성세대로 흡수되는 방향에 가까웠다.

그러나 지금은 다르다. 권력층만 독점하던 '기록'이 (상대적으로) 평등하게 분배되면서 틀딱이니 오케이 부머 같은 은어들이 단지 또래집단 내부를 넘어 사회현상이 되어 버렸고, 그 자체로 기존

사회와 권력관계에 대한 문제 제기 역할을 하게 됐다. 스와브릭이 23세라는 젊은 나이에 국회의원이 될 수 있었던 이유도 이런 변화와 무관하지 않다. 나는 다소 점잔 빼는 태도로 이렇게 덧붙일 것이다. 젊은 세대의 언어가 기성세대의 언어와 공론장에서 대등하게 겨룰 수 있을 때 더 나은 사회로 나아갈 가능성을 모색할 수 있을 것이라고, 엣헴.

그러기 위해서 우리는 좀 더 공정한 자세로 인간적인 착각을 재검토할 필요가 있다. 우리는 앞선 세대보다 똑똑할 수 있지만, 그때 우리는 다음 세대가 우리보다 더 똑똑하다는 사실을 인정해야 한다. 우리는 다음 세대보다 현명할 수 있지만, 그때 우리는 앞선 세대가 우리보다 더 현명하다는 사실을 받아들여야 한다. 가장 좋은 방법은 우리가 거인의 어깨 위에 올라탄 것처럼 지난 모든 세대가 쌓은 성과를 밟고 있다는 사실을 인식하는 것이다. 그때 사회는, 앞선 세대가 똑똑한지 다음 세대가 현명한지 그런 소모적인 인정투쟁과는 아무런 상관도 없이, 더 나은 미래를 향해 조금씩 조금씩 나아질 수 있을 것이다.

맘충

이렇게 슬픈 단어라니

맘충이라는 단어에 대한 내 생각은… 참 슬프다는 것이다. 맘충이라는 단어도 슬프고, 맘충이라는 단어가 유행처럼 쓰이는 사회도 슬프고, 이런 글을 써야 한다는 사실도 슬프다.

소설을 쓰는 두 가지 방법에서 이야기를 시작해 보자. 정확히 말하면 소설을 쓰는 수많은 방법 가운데 두 가지 방법에 대해서. 하나는 어떤 단어가 '존재하지 않는' 사회를 상상하며 소설을 쓰는 방식이다. 다른 하나는 어떤 단어가 '존재하는' 사회를 살아가며 소설을 쓰는 방식이다.

인간 혐오의 연대기

조너선 스위프트 Jonathan Swift는 18세기 영국령 아일랜드의 성직자 겸 정치평론가 겸 전문 불평꾼이었다. 미친 듯한 글발을 자랑했고, 독설과 풍자에 뛰어났으며, 정신병원에서 생을 마감했다. 요즘 같으면 트위터에서 이름깨나 날렸을 것이 분명하다. 젊은 시절에는 정계에서 한자리 차지하겠다는 야망도 품어 봤지만, 그것이 불가능하다는 사실을 깨달으면서 인간 세상에 지독한 환멸을 느낀 중년의 스위프트는 '모두 까기'를 시전하겠다는 일념으로 한 편의 긴 우화를 구상했다.

주인공이 운명의 장난으로 소인국, 거인국, 천공의 섬, 과거의 유령을 소환할 수 있는 왕국 등지를 여행한 끝에 인간 혐오자가 되는 이야기. 바로 『걸리버 여행기』(1726)다. 모두에게 익숙한 걸리버의 모험담이 실은 흥미진진한 동화가 아니라, 인간 사회를 겨냥하는 지독한 풍자 탓에 불온서적으로 지목돼 출판 금지까지 당한 문제적 작품이라는 사실을 아는 사람은 많지 않다.

마지막 항해에서 걸리버는 휴이넘의 나라에 도착한다. 나는 누구 여긴 어디? 익숙한 존재론적 고민에 빠져 있던 걸리버 앞에 한 마리의 말이 등장한다. 그곳을 지배하는 휴이넘의 정체는 바로 말이었던 것이다! 자신을 집으로 데려가서 먹여 주고 재워 준 친절한 말에게 걸리버는 사연을 털어놓는다. '항해를 떠나기 위해서 선원을 모집했다, 선원이라고 모인 작자들이 알고 보니 전부 해적이었다, 배가 먼바다에 나가자 기다렸다는 듯 선상 반란이 일어났다, 배를 탈취한 해적들은 걸리버를 낯선 땅에 내려놓고 떠나 버렸다…' 〈캐리비안의 해적〉 시리즈 같은 할리우드 영화에서 한두 번쯤 본 듯싶은 익숙한 스토리다.

하지만 말은 걸리버의 이야기를 좀처럼 이해하지 못한다. 말들의 언어에는 거짓이나 허위 같은 단어가 존재하지 않기 때문이다. 그 밖에도 범죄, 욕망, 무절제, 질투, 권력, 정부, 전쟁, 법률, 처벌처럼 인간들이 일상적으로 사용하는 수많은 단어가 그들의 사전에는 없다. 휴이넘은 그런 단어들이 필요 없을 정도로 고귀한 존재였다. 그들과 비교하면 인간은 얼마나 비열하고 나약한 존재인지! 커다란 충격과 함께 고뇌에 빠진 걸리버는 인간 혐오자로 거듭난다.

고향으로 돌아가지 않고 휴이넘들의 곁에 남으리라 결심하는 걸리버. 하지만 누구도 자기 자신으로부터 도망칠 수는 없다. 아무리 인간을 증오한들 그 역시 인간일 뿐. 완벽한 휴이넘의 사회에 그가 설 곳은 없었다. 결국 추방되어 영국으로 보내진 걸리버는 다시 돌아온 집에서 부인과 자식조차 멀리한 채 마구간에 틀어박혀 두 마리 말과 함께 남은 생을 보낸다. 『걸리버 여행기』는 그렇게 마구간에서 5년을 보낸 레뮤얼 걸리버 씨가 써 내려간 인간 혐오 연대기인 것이다.

스위프트가 '일련의 단어가 부재한 말들의 사회'를 상상한 이유를 추측하긴 어렵지 않다. 먼저 걸리버를 소인국으로 보낸 그는 높은 시점에서 소인들의 사회를 내려다보게 하며, 관점에 따라 인간의 삶이 얼마나 유치하고 보잘것없는지를 드러낸다. 다음으로 걸리버의 눈앞에 거인들의 거대한 땀구멍이며 걸리버의 머리통만한 여드름을 들이밀면서 가까이 들여다본 인간의 모습이 얼마나 추악한지 보여 준다. 그러고는 지나치게 도덕적인 말의 사회와 인간 사회를 직접 비교하며 인간이 정말 이성적인 존재인지, 실은 동물보다 더 동물에 가까운 존재가 아닌지 질문을 던진다.

확실히 스위프트의 풍자에는 지나친 구석이 있다. 종종 도를 넘은 것처럼 보이고, 가끔 분명한 악의가 느껴지기도 한다. 특히 결말 부분을 읽으면서 눈살을 찌푸리지 않기란 어려운 일이다. 우리는 인간이고, 스위프트가 침을 뱉는 대상도 바로 인간이기 때문이다. 오죽하면 팬을 자처하며 "세상에 책을 여섯 권만 남기고 나머지를 전부 없애야 한다면 『걸리버 여행기』를 그 여섯 권의 하나로 꼽겠다"던 영국의 작가 조지 오웰마저 그가 때때로 꼰대처럼 말하고 정신도 오락가락하는 것 같다면서 불평을 늘어놓았겠는가.

스위프트와 같은 시대를 살던 사람들이 벌컥 화를 내고 그의 책을 금서로 지정한 일도 이해는 된다. 하지만 인간이란 무엇인지, 우리는 정말 우리가 생각하는 그대로의 존재인지 되묻는 그의 질문은 여전히 유효하다. 그래서 『걸리버 여행기』가 고전으로 불리며 도서관과 서점의 서가 한 귀퉁이에 먼지를 뒤집어쓴 채 제자리를 지키고 있는 것일 테다. 비록 실제로 읽는 사람은 아무도 없다고 해도….

과연 그들은 책을 읽었을까?

어떤 단어가 존재하는 사회를 살아가면서 집필한 대표적인 소설로는 조남주 작가의 『82년생 김지영』(2016)을 들 수 있다. 소설가이자 유치원에 다니는 자녀를 둔 엄마 조남주는 2014년 인터넷에서 촉발된 '맘충 사건'을 보며 큰 충격을 받았다. 엄마를 뜻하는 '맘(mom)'과 벌레를 뜻하는 '충(蟲)'의 합성어인 '맘충'은 '제 아이만 싸고도는 일부 몰상식한 엄마'를 가리키는 용어였으나 아이를 키우는 대부분의 엄마들을 향해 무차별적으로 사용되며 많은 여성들에게 상처를 안겼고, 동시에 육아가 마치 여성만의 일인 것처럼 인식하게 함으로써 성차별적 시선을 고착시키는 데도 일조했다. 이런 현실에 문제의식을 느낀 작가는 한국에서 살아가는 여성들의 삶이 과거보다 얼마나 더 진보했는지 질문할 수 있는 이야기를 만들기로 했다. 그 작품이 바로 『82년생 김지영』이다.[3]

이어진 이야기는 모두가 아는 그대로다. 소설은 많은 화제를 모으며 밀리언셀러가 되었고, 일본과 영국을 비롯한 17개국에서 번역(예정)되었으며, 정유미 배우 주연으로 영화화되어 360만 명이 넘는 관객을 모았다. 한편 "모든 여성의 케이스 중에 나쁜 사례만 모아 선동하는 책"이라는 식의 악평이 쏟아지는가 하면, 작품을 읽고 SNS에 인증샷을 올린 여성 연예인에게 '일부' 네티즌이 악플 테러를 하며 공개 사과를 요구하는 촌극이 일어나기도 했다.

많은 사람이 그렇게 느끼는 것처럼 나 역시 이런 현실이야말로 『82년생 김지영』이 던진 질문이 여전히 유효하다는 방증이라고 생각한다. 소인국과 거인국, 하늘을 나는 섬과 말들이 사는 나라를 오가며 인간이란 무엇이고 인간성이란 무엇인지에 대한 오래된 질문을 다시 한번 던진 걸리버의 모험은 조너선 스위프트가 끝낸 곳에 멈춰 있다. 이를테면 마구간에서. 하지만 『82년생 김지영』의 삶은 여전히 진행 중이다.

『82년생 김지영』에 막연한 (그러나 강렬한) 거부감을 가진 사람 가운데 대다수는 작품을 읽지 않았고, 읽을 생각도 없는 남성이다. 만약 그들이 작품을 직접 본다면 생각과 달리 무척 온건한 방식과 어조로 신문 기사와 통계 등의 '팩트'를 이용해 이야기를 전개한다는 사실에 깜짝 놀랄 테다. 물론 실제로 읽을 사람은 거의 없겠지만. 고전이 '누구나 읽었다고 말하지만 아무도 읽지 않은 책'이라고 한다면 『82년생 김지영』은 이미 현대의 고전이 될 자격을 충분히 갖춘 셈이다.

이런 슬픈 단어를 써도 될까?

조지 오웰은 조너선 스위프트를 가리켜 "우리가 언급하길 꺼려서 그렇지, 있는 줄은 다 아는 무엇을 다루는 작가"라고 했다. 여기에 빗대면 『82년생 김지영』은 인류의 절반이 여기 있다고 소리 높여 외치지만, 다른 절반은 절대 인정하지 않는 무엇을 다루는 작품이다. 그건 물론 '여성혐오'다. 맘충이라는 단어가 존재하는 것으로도 모자라 사람들이 그 말을 실제로 사용하는 사회다. 이것만으로도 여성혐오를 이야기하기에 충분하지 않나? 여기에 굳이 '아빠'

에 '충'을 더한 단어는 존재하지 않는다는 사실이나, 네이버 뉴스에서 "비정한 엄마"를 검색하면 4,138건이 나오는 데 반해 "비정한 아빠"를 검색하면 고작 386건이 나온다는 사실(2021년 12월 31일 기준)을 덧붙여야 할까?

『82년생 김지영』이 다른 언어로 번역된다는 소식이 알려졌을 때 많은 사람이 과연 맘충을 어떻게 번역할 것인지 궁금해했다. 영국에서는 엄마(mum)와 바퀴벌레(cockroach)를 합친 'mum-roach'라는 단어를 새로 만들었다. 일본과 중국·타이완에서는 각각 '마마충(ママ虫)', '마충(妈虫)'으로 한국의 표현을 그대로 옮기되 이게 도대체 무슨 말인지 의아할 독자들을 위해 "해충 같은 엄마를 뜻하는 인터넷 속어"라는 주석을 달았다.

과연 외국 독자들은 어떤 반응을 보였을까? 한 신문기사에 따르면 타이완의 어느 독자는 "타이완엔 맘충이나 비슷한 뜻을 가진 단어도 없어서 처음에 봤을 때 너무나 충격적이었다. 이런 말을 써도 되는지, 정말 있는 말인지 의아했다"라고 말했다.

스위프트는 말년에 『겸손한 제안』(1729)이라는 책을 통해 아일랜드 빈곤 문제의 해결책을 제시한다. "아일랜드의 어린아이들을 부자의 식탁을 장식하는 고급요리의 원료로 팔면 가난한 사람은 양육비도 덜고 돈도 벌 수 있어서 이득을 갑절로 얻을 수 있고, 영국 부자들은 식료품 수입에 따른 막대한 지출을 덜 수 있고, 또 골치 아픈 식민지의 빈곤 문제도 해결할 수가 있어서 이득이 이만 저만 아니라는" 제안이다. 확실히 미친 게 맞는 것 같다. 물론 스위프트의 혐오와 독설에는 '풍자'라는 분명한 목적이 있다. 내가 이렇게 확신하는 이유는 그의 시대와 나의 시대 사이에 충분한 시간적 거리가 있기 때문이다.

어쩌면 내가 우리 시대의 수많은 스위프트와 함께 살아가고 있는 것인지도 모른다. 온라인을 가득 채운 여성과 소수자를 향한 혐오와 독설이 실은 스위프트가 그랬듯 현실 풍자이고, 동시대 사람들이 스위프트를 이해하지 못한 것처럼 나 역시 그들을 이해하지 못하는 것일지도. 맘충이란 단어가 어찌나 나를 슬프게 만드는지, 차라리 그랬으면 좋겠다는 터무니없는 생각을 하고야 마는 것이다.

노키즈존

한국인은 멸종할지도 몰라

2021년 새해 첫날, 자정에서 막 3분을 넘긴 늦은 시간에 부에
노스아이레스 교외의 한 술집에서 소동이 일어나, 지상에 마
지막으로 태어난 인간이 25년 2개월 12일을 살다 살해당했
다. 최초의 보도가 믿을 만하다면, 호세 리카르도는 지금껏
살았던 삶과 다름없는 죽음을 맞았다. 이렇게 말해도 괜찮을
지 모르겠지만, 공식적인 출생신고 기록상 마지막 인간이라
는, 개인적인 미덕이나 재능과는 아무런 관계가 없는 특징은
그에게 늘 감당하기 버거운 꼬리표로 작용했다. 그랬던 그가
죽어 버렸다.

— P. D. 제임스, 『사람의 아이들』(아작)에서[4]

언제부턴가 아이들이 안 태어나기 시작했다. 인류가 알 수 없
는 이유로 재생산 능력을 잃어버리고 불임이 됐다는 사실은 분명
했다. 사람들은 곧 문제의 원인을 밝혀낸 뒤 해결책을 찾을 것으로

생각했다. 치료제를 먼저 발명하려는 국가들의 경쟁도 치열했다. 하지만 좀처럼 소득은 없었고 그렇게 시간이 흘렀다. 1995년에 태어난 마지막 세대가 성적으로 성숙할 때까지 사람들은 기대의 끈을 놓지 못했지만, 그 세대 역시 임신이 불가능하다는 사실이 알려지며 절망했다.

이 지구에 갓난아이의 울음소리가 다시 울려 퍼질 것을 진심으로 기대하는 이는 거의 없었다. 절망한 사람들이 스스로 목숨을 끊기 시작하자, 정부는 유행병처럼 번지는 자살을 막으려고 자살자의 가족에게 벌금을 부과하는 법안을 통과시켰다. 살아남은 사람들은 나른함과 우울함, 뭐라고 설명할 수 없는 막연한 불안함을 동반한 권태에 시달렸다. 상상력이 부족하거나 자의식이 너무 강한 이들을 제외한 대부분의 사람들은 조금의 희망도 없이 느린 종말을 향해 천천히 다가갔다. 자식이 없는 늙은 귀족이 자신의 삶과 영지를 방치하는 것처럼.

미래 없는 미래

1983년 노벨문학상을 수상한 윌리엄 골딩William G. Golding의 『파리 대왕』(1954)이나 리처드 휴스Richard A. W. Hughes의 『자메이카의 열풍』(1929)처럼 아이들만 남겨진 상황을 다룬 소설은 많다. 반면에 아이들이 사라진 세계를 그린 소설은 앞서 소개한 P. D. 제임스P. D. James의 『사람의 아이들』(1992, 한국에서는 2019년 출간) 정도를 제외하면 딱히 떠오르지 않는다.

전자가 어른 세계의 축소판 같은 아이들의 모습을 통해 인간성을 탐구하거나 '천진난만' 혹은 '순수' 같은 상투적인 단어로 담아낼 수 없는 가깝지만 먼 존재로서의 어린이들을 새롭게 발견하도록 만든다면, 후자는 아이들의 빈자리를 통해 그 존재가 우리에게 어떤 의미인지 단도직입적으로 묻는다. 답은? 간단하다. 아이들은 우리의 미래다. 미래가 없는 삶엔 의미도 없다.

미국의 저널리스트 앨런 와이즈먼Alan H. Weisman은 『인간 없는 세상』(2007)에서 인류가 한꺼번에 사라진 지구의 모습을 치밀한 조사와 과감한 상상력을 통해 묘사한다. 인간이 사라지고 2일 뒤 뉴욕 지하철역이 침수된다. 1년 뒤 고압전선의 전류가 차단되어 새들이 번성한다. 3년 뒤 난방이 중단되어 바퀴벌레가 멸종한다. 10년 뒤 목조 가옥들이 허물어지기 시작한다. 20년 뒤 인류가 개량한 작물이 야생 상태로 회귀한다. 500년 뒤 플라스틱은 여전히 멀쩡하지만 1,000년 뒤 뉴욕시의 돌담들은 빙하에 붕괴된다. 10만 년 뒤 이산화탄소가 인류 이전 수준으로 감소하고, 30억 년 뒤에는 지금은 상상도 하지 못할 생명체들이 번성한다….

아이들이 사라진 세계의 변화는 이보단 조금 더딜지 모른다. 하지만 인류가 늙어 가면서 언젠가는 비슷한 일들이 벌어질 테다. 그때 여전히 살아 있는 소수의 사람은 조금씩 무너지는 세계와 무의미에 고통받으며 얼마 남지 않은, 또 지나치게 긴 삶을 연명해 나갈 것이다. 맞다. 이게 바로 '노키즈존(no kids zone)'이라는 말에서 내가 떠올린 생각이다.

노키즈코리아

내가 지금 과장하는 것처럼 느껴진다면, 그건 내가 과장하고 있기 때문이다. 하지만 어떤 문제는 충분한 과장을 통해서만 비로소 심각성을 깨달을 수 있다. 우리가 맞은 2021년은 P. D. 제임스가 상상한 2021년과 다르다. 그런데 얼마나 다른가?

2022년 1월 통계청이 발표한 「2021년 11월 인구 동향」에 따르면, 출생과 혼인이 역대 최저치로 떨어지는 사이 사망은 최고 기록을 갈아 치우며 저출산과 인구절벽이 점점 더 가속화하고 있다. 11월 출생아 수는 전년 동월 대비 1.3% 줄어든 1만 9,800명으로 집계됐으며, 이는 월간 통계가 작성되기 시작한 1981년 이후 가장 작은 규모다. 또한 출생아 수는 2015년 12월 이후 72개월 연속 동월 대비 감소 기록 행진을 이어 가는 중이다.

한 여성이 평생 낳을 것으로 예상되는 평균 출생아 수를 나타낸 '합계출산율'은 2018년 0.98명을 기록하며 처음으로 1명 아래로 내려갔고, 2019년에는 0.92명, 2020년에는 0.84명을 기록했다. 2021년 상반기 합계출산율은 0.82명으로, 일반적으로 1분기에 출산율이 가장 높다는 사실을 감안하면 반등을 기대하긴 힘들어 보인다. 유엔인구기금(UNPFA) 조사에 따르면, 이는 198개국 가운데 198위의 기록으로, 2020년 꼴찌로 추락한 뒤 2년 연속 최하위에 머물렀다. 또한 0~14세 인구구성 비율도 12.3%로, 싱가포르(12.4%), 일본(12.3%)과 함께 최하위권으로 떨어졌다. 생산가능인구 감소로 노동과 소비가 줄어 경제 활력이 점차 떨어지는 것은 물론, 이대로라면 2750년에 한국인이 자연 멸종할 것이라는 주장까지 나온다.

700년 뒤면 까마득해 보이는 것이 사실이다. 그렇다고 해서 방심하면 안 된다. 통계청은 2016년에 발간한 「장래인구 추계: 2015~2065년」에서 2040년 출생아 수를 32만 2,000명으로 예상했지만, 2019년에 30만 2,700명으로 이미 그 선이 무너진 바 있다. 다시 말해 P. D. 제임스가 상상한 2021년과 우리가 맞은 2021년의 차이는 생각만큼 크지 않았다. 어쩌면 그건 속도의 차이일 뿐, 우리는 '노키즈존'이 아닌 '노키즈코리아'를 향한 느린 발걸음을 이미 시작했다. 그리고 일단 시작한 발걸음은 언제라도 빨라질 수 있다.

칠드런 오브 맨

오해하면 안 된다. 나는 지금 노키즈존이 저출산, 인구절벽, 한국인 자연 멸종의 원인이라고 말하는 것이 아니다. 모든 사태의 원인은 우리 사회에 있다. 노키즈존은 한국 사회의 한 단면일 뿐이다. 날이 갈수록 심해지는 경쟁, 강자가 살아남고 약자가 도태되는 일이 당연하다는 사회적 풍조 등. 이런 현실에서 아이를 낳아 기를 여유가 없는 것은 물론이고, 내 '장사'를 방해하는 남의 아이를 관대하게 봐줄 여유가 있을 리 없다. 대체 어디서부터 잘못된 것일까? 그거야 나도 알 수 없지만….

분명한 건, 아무리 그렇다고 한들 노키즈존은 적절한 조치라고 말할 수 없다는 사실이다. 정확히 말하면 그건 차별이다. 실제로 국가인권위원회는 영업의 자유는 물론 보장되지만, 모든 아동이 사업주나 다른 손님에게 큰 피해를 주지 않는다는 이유를 들며 노키즈존은 차별행위라는 판단을 내린 바 있다. 아이나 아이를 동반한 부모가 아니더라도 진상 손님은 언제나 있게 마련이고, 그 수로 치면 아이와 부모 쪽이 오히려 소수일 것이다. '노아재존'은 없는데 노키즈존이 있는 이유를 한 번쯤 생각해 볼 필요가 있다. '맘충'이라는 말만 있고 그에 해당하는 남성형 표현은 없는 이유도 함께. 다시 말하지만 그건 차별이고 혐오다.

나는 우리 사회가 아이들을 환대할 능력이 없는 사회가 아닐까 의심한다. '아이들과 함께할 자격이 없는 사회'라는 뜻이기도 할 테다. 이런 이유로 만약 한국인이 멸종한다면 그것대로 어쩔 수 없는 일 아닐까? 문제는 그때까지 살아가야 하는 미래의 아이들이다. 냉소는 쉽다. 하지만 냉소만으로 세상을 살아갈 순 없다. 다음에 올 세대들을 위해, 우리에겐 사회를 좀 더 나은 곳으로 만들 책임이 있다.

『사람의 아이들』을 영화로 각색한 알폰소 쿠아론Alfonso Cuarón

감독의 〈칠드런 오브 맨〉(2006)에는 인상적인 장면이 나온다. 정부군과 반란군이 서로 총을 쏘며 대치하는 전장에서 주인공은 수십 년 만에 태어난 아기를 구하기 위해 무너지기 직전의 건물로 뛰어들어간다. 군인들이 겨누는 총에도 아랑곳하지 않고 건물을 헤집고 다니던 주인공은 마침내 어느 방에서 아기를 발견한다. 조심스레 아기를 가슴에 품고 다시 바깥으로 나오는 그에게 군인들이 욕하며 총을 겨눈다. 그러다가 어느 순간, 군인들은 아기의 울음소리를 듣고 그의 품에 안긴 아기를 본다. 깜짝 놀란 군인들이 입을 다물고 길을 열어 준다.

완벽한 침묵 속에서, 넋을 잃고 바라보는 군인들 사이로 빠져나오는 주인공과 아기의 모습을 쿠아론 감독은 13분에 달하는 롱테이크로 보여 준다. 아이가 없는 세상이 아이가 존재하는 세상으로 바뀌는 순간. 그것이 기적과도 같다는 사실을 알기 위해 굳이 수십 년 동안 아이들이 태어나지 않을 필요는 없다. 세상이 더 나쁜 곳을 향해 가기 전에, 우리에겐 다른 선택을 할 기회가 있다고 나는 믿는다.

휴거, 엘사, 빌거

지금 당장 '헬조선'을 구원할지어다

'휴거'라는 단어는 내게 낙엽, 얼룩무늬 강아지, 그네를 떠올리게 한다. 정확히 말하면 나뭇잎이 떨어지는 가을날, 강아지를 안고 마당에 놓인 낡은 간이 그네에 앉아 휴거에 대해 생각하는 어린 나를 떠올리게 한다고 말해야겠지만. 나는 마치 디지털 사진에 포함된 정보를 확인하듯, 그 이미지의 정확한 날짜와 위치까지 말할 수 있다.

1999년이 세기말(Y2K), 1997년이 외환위기(IMF), 1994년이 김일성의 죽음으로 기억된다면 1992년은 누가 뭐래도 '휴거의 해'였다. 다미선교회의 이장림 목사는 몇 해 전부터 「요한계시록」(개신교는 '요한계시록', 가톨릭은 '요한묵시록'으로 부른다)을 근거로 종말론을 설파했는데 "그리스도의 공중 재림 시 주를 믿고 죽은 성도들이 먼저 부활하고, 그때까지 살아 있는 성도들이 육체의 변화를 받아 공중으로 들어 올려져서 주를 만나게 되는 종말적인 사건"을 뜻하는 휴거가 1992년 10월 28일 자정에 일어난다고 주장했다.

물론 휴거는 일어나지 않았다

스마트폰은커녕 넷플릭스도 없고 SNS도 없어서였을까? 지금 이라면 사이비 목사의 헛소리로 치부될 다미선교회의 주장은 연일 뉴스에 오르내리며 사회적 이슈로 떠올랐다. 오죽하면 초등학교 교실에서도 휴거가 일어날 것인가, 일어나지 않을 것인가를 두고 입씨름을 벌이곤 했다. 물론 내 주변 어른들은 휴거를 믿진 않았지만, 휴거를 걱정하는 초등학생을 달래고 안심시켜 줄 정도로 자상하지도 않았다.

그래서 나는 10월 28일 당일, 학교가 끝나고 낙엽 수북한 마당에서 간이 그네에 앉아 '꾀보'라는 이름의 강아지를 쓰다듬으며 과연 오늘 밤에 모든 것이 끝장날지 두려운 마음으로 생각에 잠겼던 것이다. 내가 사는 곳에서 그리 멀지 않은 곳에 있던 다미선교회로 몰려드는 사람들과 취재진의 소란스러운 소리를 바람결에 들으면서….

그날 자정을 전후로 다미선교회의 휴거 예배가 TV를 통해 생중계됐다. 물론 나는 보지 못했다. 취침시간이 저녁 8시 30분이었기 때문이다. 지금 생각하면 잠이 왔을까 싶지만 쿨쿨 잘만 잤던 모양이다. 다음 날 눈을 떴을 때, 아무것도 달라지지 않았다. 나는 이를 닦고 가방을 메고 집을 나서면서 조금은 아쉬워했던 것 같기도 하다. 어린이의 일상은 휴거라도 일어나길 바랄 정도로 지루하게 마련이니까….

조사 결과 이장림 목사가 신도들로부터 받아 자기 명의로 은행에 입금한 돈이 무려 34억 원이 훌쩍 넘는다는 사실이 밝혀졌다. 또 그가 1993년 만기인 환매조건부채권을 구입한 사실이 드러나며 본인조차 휴거를 믿지 않았다는 사실이 들통났다. 사기 혐의로 피소된 이 목사는 '징역 1년'과 2만 6,000달러 '몰수형'을 선고받았다. 사기 규모에 비해 지나치게 초라한 형량이라고 하지 않을 수 없다.

우리는 8,923년을 일해야 한다

이장림 목사가 신도들에게서 받은 34억 원을 소비자물가지수를 반영해 현재가치로 환산하면 약 76억 원이다. 어마어마한 금액이지만 30년 가까운 시간이 흘렀는데 고작 2.2배밖에 차이가 나지 않는다는 사실이 의아하기도 하다. 참고로 소비자물가지수는 TV·햄버거·커피·피자 가격, 이동통신 요금 등 실생활에 많이 쓰이는 대표 품목을 선정하여 산출한다. 참고용일 뿐 절대적인 수치는 아니라는 말이다. 그 밖에도 생산자물가지수나 금·쌀의 가격 등을 토대로 화폐의 가치를 추정하기도 한다.

그렇다면 최저임금을 기준으로 가치를 측정해 보는 것은 어떨까? 1992년 최저임금은 시급 925원, 주 40시간 근무를 기준으로 주급 3만 7,000원이다. 1992년에 최저임금을 받는 사람이 34억 원을 벌기 위해서는 대략 1,767년이 필요하다는 뜻이다. 한편 2022년 최저임금은 시급 9,160원, 역시 주 40시간 근무를 기준으로 계산하면 주급 36만 6,400원이다. 2022년에 최저임금을 받는 사람이 1,767년을 일한다고 치면 336억 원을 벌 수 있다. 34억 원의 약 9.9배다. 30년이라는 시차를 감안하면 이 정도 차이는 현실적으로 보인다. 1,767년을 일해야 벌 수 있는 돈에 '현실적'이라는 수식어가 어울리는지 모르겠지만….

아파트값으로 비교하는 방법도 있을 것이다. 우리나라에서 가장 유명한 아파트 가운데 하나이며 이런 식의 비교에 단골로 등장하는 곳은 서울 강남구 대치동에 위치한 '은마아파트'다. 1988년 은마아파트의 거래가는 5,000만 원 내외였다고 한다(1992년에 전국적으로 부동산 가격 급락이 발생했다는 점을 감안해 1992년 가격과 큰 차이가 없다고 가정하자). 그리고 지금은 대략 25억 원 내외로 매매가가 형성되어 있다. 딱 봐도 50배 차이가 난다. 즉 그 당시 34억 원으로 은마아파트 68채를 살 수 있었다면, 지금 은마아파트 68채를 사기 위해서는 1,700억 원이 있어야 한다. 2022년에 최저임금을 받는 사람이 한 푼도 안 쓰고 8,923년을 모아야 하는 돈이다!

통계청에 따르면, 2019년 임금근로자의 월평균 소득은 309만 원이었다. 따라서 평균만큼 버는 임금근로자가 은마아파트를 사기 위해서는 67년 동안 월급을 모아야 한다. 대기업(월평균 소득 515만 원)의 경우 40년으로 그나마 줄어들지만, 중소기업(월평균 소득 245만 원)의 경우 85년으로 대폭 늘어난다. 최저임금을 받는 사람은 무려 131년이 걸린다. 탕수육은커녕 햄버거 하나 사 먹지 않고 모은다 해도 말이다!

물론 이런 계산은 억지다. 한 푼도 안 쓰고 돈을 모을 순 없는 일이고, 시간이 흐르면서 경제가 망하지 않는 이상 월급은 오르기 때문이다. 문제는 지난 30년간 월급(최저임금)이 10배 오르는 동안 부동산은 40배가 올랐다는 사실이지만….

한마디로, 부자가 아닌 사람은 아파트를 살 수 없다. 다시 말하면, 아파트를 갖고 있던 사람이 부자가 되었다. 어떻게든 그 시절에 은마아파트를 구입한 사람(그 당시 최저임금 기준으로 26년, 평균적인 임금근로자는 10년 남짓 돈을 모으면 은마아파트를 살 수 있었고 대출 등을 포함할 때 그 기간은 대폭 단축됐다)은 부자가 됐다는 말이다. 물론 은마아파트는 하나의 예일 뿐이다. 어느 동네의 아파트, 어느 동네의 땅, 어느 동네의 낡은 3층 건물 모두 마찬가지다. 특정한 시점에, 특정한 위치에 운이 좋아서건 정보가 빨라서건 부동산을 갖고 있던 이는 모두 부자가 되었다. 그것이 바로 수많은 이들이 부동산에 미친 이유다. 사람들은 부자가 되고 싶어 하고, 부동산 말고는 부자가 되는 방법을 모른다.

2020년 1월 서울 아파트 중위 가격이 사상 최초로 9억 원을 돌파했다. 2018년 9월 기준 8억 3,000만 원이었으니 1년 3개월 동안 7,000만 원이 오른 것이다. 거칠게 말해 2018년 9월에 아파트를 갖고 있던 사람은 2020년 1월까지 아무 일도 하지 않고도 평균 연봉보다 많이 번 셈이다. "사촌이 땅을 사면 배가 아프다"라는 옛말이 괜히 생긴 게 아니다.

휴거라니, 엘사라니, 빌거라니!

많은 이들처럼 나 역시 초등학생들 사이에서 상대적으로 저렴한 한국토지주택공사(LH) 임대아파트에 사는 아이들을 '휴거'(휴먼시아+거지)라고 놀리며 따돌린다는 이야기를 듣고 적지 않은 충격을 받았다. '엘사'(LH에 사는 아이)나 '빌거'(빌라 + 거지)도 마찬가지다. 아내와 이야기를 나누다가 나도 모르게 "세상이 대체 어떻게 되려고…" 하며 탄식하기도 했다. 마치 꼰대처럼. 정확히 말하면, 한 사람의 '뉴비' 꼰대로서….

하지만 문제는 언제나 있었다. 1992년으로 다시 기억을 돌려보면, 그때는 초등학교에서 새 학년이 되면 '가정환경 조사서'라는 것을 작성했다. 그곳에는 아버지의 직업과 학력, 어머니의 직업과 학력, 집이 자가인지 전세인지 월세인지, 아파트인지 빌라인지 단독주택인지, 자동차가 있는지 없는지, 연평균 가정소득은 얼마인지 등을 적는 칸이 있었다.

그 시절 어머니는 내게 동네에 새로 지은 임대아파트에서 사는 아이들이나 쓰레기처리장이 있던 상암동에 사는 친구들과 어울리지 말라고 했다. '휴거'(사이비 종말론적인 의미에서)가 아직 '휴거'(천박한 자본주의적인 의미에서)가 되기 전이었지만, 경제적 형편

184

으로 타인을 평가하고 차별하는 일이 일상인 시대였다. 다만 당시에는 '누구라도 노력하면 아파트를 살 수 있다'고 생각했으나, 지금은 '이미 아파트를 가진 사람'과 '현재 아파트를 갖고 있지 않고, 앞으로도 그럴 가능성이 없는 사람'으로 나뉜다는 차이가 있을 뿐.

오해하면 안 된다. 나는 예나 지금이나 도긴개긴이라는 말을 하려는 게 아니다. 그때도 지금도 세상은 아직 살 만한 곳이라는 말도, 우리나라는 언제나 '헬조선'이었다는 의미도 아니다. 미국의 작가 수전 손택Susan Sontag은 『타인의 고통』(2004, 이후)에서 이렇게 말했다.

어떤 곳을 지옥이라고 말한다고 해서 사람들을 그 지옥에서 어떻게 빼내 올 수 있는지, 그 지옥의 불길을 어떻게 사그라지게 만들 수 있는지까지 대답되는 것은 당연히 아니다. 따라서 우리가 타인과 공유하는 이 세상에 인간의 사악함이 빚어낸 고통이 얼마나 많은지를 인정하고, 그런 자각을 넓혀 나가는 것도 아직까지는 그 자체로 훌륭한 일인 듯하다. 이 세상에 온갖 악행이 존재하고 있다는 데 매번 놀라는 사람, 인간이 얼마나 섬뜩한 방식으로 타인에게 잔인한 해코지를 손수 저지를 수 있는지 보여 주는 증거를 볼 때마다 끊임없이 환멸을 느끼는 사람은 도덕적으로나 심리적으로 아직 성숙하지 못한 인물이다.

나이가 얼마나 됐든지 간에, 무릇 사람이라면 이럴 정도로 무지할 뿐만 아니라 세상만사를 망각할 만큼 순수하고 천박해질 수 있을 권리가 전혀 없다.[5]

그러니까 내 말은 '휴거'라는 말을 듣고 깜짝 놀라며 혀를 끌끌 찰 권리가 내게는 없다는 뜻이다. 오히려 그런 반응들이 '휴거'라는 말을 널리 유행시켰고, '엘사'와 '빌거'를 비롯해 '이백충'(월소득 200만 원대인 사람을 비하하는 말)이니 '기생수'(기초생활수급자를 낮춰 부르는 말) 같은 말을 만드는 데 일조했다. 따라서 우리는 '헬조선'의 증거를 찾는 대신 "사람들을 그 지옥에서 어떻게 빼내 올 수 있는지", "그 지옥의 불길을 어떻게 사그라지게 만들 수 있는지" 고민해야 한다. 지금 당장.

민식이법 놀이

아이들은 안전하게 살아남을 권리가 있다

2018년 6월 나는 중고차를 샀고 운전을 시작했다. 그전까진 내가 사는 도시가 보행자를 위한 도시가 아니라고만 생각했다. 왜냐고? 일단 인도와 차도가 구분되지 않는 길이 너무 많다. 주차된 차들로 비좁은 골목에서도 좀처럼 속도를 줄이지 않고, 설상가상으로 경적까지 울려 대는 차들 때문에 가다 서다를 반복해야 한다. 전혀 걷고 싶지 않은 거리다.

운전을 시작한 이후 나는 내가 사는 도시가 운전자를 위한 도시도 아니라는 사실을 깨달았다. 비슷한 이유에서였다. 일단 인도와 차도가 구분되지 않는 길이 너무 많다. 주차된 차들로 비좁은 골목에서 길을 막고 좀처럼 비켜 주지 않으며, 주위를 살피지 않는 보행자들 때문에 가다 서다를 반복해야 한다. 운전하기에 무척 피곤한 도시다….

대도시의 삶

그렇다면 대체 이 도시는 누구를 위한 도시일까? 오토바이 운전자? 자전거 운전자? 몇 년 전부터 새롭게 떠오른 전동 킥보드를 타는 사람? 언젠가 SNS에서 본 밈이 생각난다. 자동차 운전자와 자전거(또는 오토바이) 운전자, 그리고 보행자의 심리를 벤다이어그램으로 그린 것이다. 바로 이런 식이다. '자동차 운전자와 자전거 운전자는 보행자를 싫어한다. 자전거 운전자와 보행자는 자동차를 싫어한다. 보행자와 자동차 운전자는 자전거를 싫어한다. 그리고 이들은 모두 전동 킥보드를 싫어한다.'

그 이유를 찾긴 어렵지 않다. 앞뒤 재지 않고서 무조건 부수고 지은 난개발 때문에, 지나치게 높은 인구밀도 때문에(수도권의 경우), 언덕이 많은 한반도의 지리적 특성 때문에, 관계 법령이 부실하기 때문에, 서로 배려하고 양보하는 시민의식이 부족하기 때문에….

각각의 이유가 어느 정도는 맞고 어느 정도는 틀리겠지만, 내게는 옳고 그름을 세세히 가릴 능력이 없다. 그렇다고 해서 '자동차 운전자와 자전거 운전자, 보행자, 전동 킥보드 운전자 모두 나름의 고충이 있으니 서로 이해하고 조심하자'는 말을 하려는 것도 아니다. 물론 현대사회를 살아가는 모든 사람은 서로 이해하고 조심해야 한다. 하지만 어떤 사람은 좀 더 이해하고 조심해야 한다. 오늘 내가 하고 싶은 말은 이것이 전부다.

우리는 대체 어떤 사회에 살고 있는 걸까?

2019년 9월 11일 충남 아산시 용화동에서 횡단보도를 건너던 9세 남자아이가 소형 화물트럭에 치여 세상을 떠났다. 몇 년 전에도 같은 나이의 남자아이가 교통사고를 당한 자리였다. 늘 그렇듯, 변화는 비극이 일어난 다음에야 뒤늦게 이루어졌다. 해당 장소에는 어린이보호구역(스쿨존)을 알리는 형형색색의 안전장치들이 설치되었고, 국회에선 어린이들을 보호하기 위한 법률 개정안이 발의됐다. 스쿨존 내에 신호등과 단속카메라를 설치하고, 불법주차를 금지하며, 안전 의무를 지키지 않아 사망사고나 상해사고를 일으킨 가해자를 가중처벌하는 내용을 담은 개정법안은 '민식이법'으로 불리게 되었다.

왜 피해자의 이름을 따서 법안을 부르는 건지 모르겠다. 부양 의무를 다하지 않은 부모의 상속권을 박탈하는 내용의 '구하라법', 미성년 자녀의 친권을 가진 한쪽 부모가 사망한 경우 친권이 나머지 한쪽 부모에게 자동으로 넘어가는 것이 아니라 가정법원의 심사를 거쳐 친권자를 지정하도록 하는 '최진실법', 구타와 가혹 행위 같은 인권침해로 유죄판결이 확정된 스포츠 지도자의 인적 사항과 비위 사실을 공표하고 그 자격을 취소하는 내용의 '최숙현법' 등등.

물론 '도로교통법 및 특정범죄 가중처벌 등에 관한 법률 일부 개정 법률안' 같은 긴 법안명보다 민식이법이 부르기 쉽고, 이해하기 쉽다. 따라서 시민들의 공감을 얻기도 용이할 것이다. 그렇다면 다른 경우들처럼 '김민식법'이라 부르지 않고 '민식이법'이라며 피해자의 이름을 낮춰 부르는 까닭은 뭘까?

사건이 발생한 이듬해 3월 25일 해당 개정법이 시행되자, 온라인 자동차 커뮤니티를 중심으로 반대 여론이 일어났다. 개정법이 본격적으로 시행되기 전부터 '운전자에게만 과하게 책임을 지운다'는 볼멘소리는 이미 존재하던 상황. 개정법이 시행된 지 한 달여 후, 익명의 운전자가 한 온라인커뮤니티에 '초등학교 5학년 아이가 갑자기 뛰어들어 자신의 차 뒷문에 부딪혔는데, 옆에 있던 아이 엄마가 민식이법을 거론하면서 신고 안 할 테니 합의금 300만 원과 병원비 전액을 달라고 요구한다'는 글을 올리자 부정적인 여론이 폭발하고 말았다.

스쿨존에서 사고를 내면 인생을 망칠 수도 있다는 불안감이 일부 운전자 사이에 들불처럼 번지며, 청와대 국민 청원 사이트엔 민식이법의 개정 혹은 폐지를 요구하는 청원이 10건 이상 올라왔다. 그중 한 청원에는 35만 명이 넘는 사람들이 동의하기도 했다. 스쿨존을 피하는 경로를 안내해 주는 내비게이션이 인기를 끌었고, 운전자보험의 월간 신규 가입자가 두 배 이상 늘었다.

여기까지였다면 어느 정도는 이해할 수 있었을 테다. "음주운전 사망사고의 경우 미필적고의에 의한 살인 행위로 간주하는데, 이러한 중대 고의성 범죄와 순수 과실 범죄가 같은 선상에서 처벌

형량을 받는다는 것은 이치에 부합하지 않는다"는 청와대 국민 청원자의 지적은 이치에 맞는 것처럼 보이기도 한다.

하지만 이어진 사태는 사람들이 단순히 사법적 형평성을 요구한 것만은 아니라는 사실을 적나라하게 드러냈다. 차도로 급작스럽게 뛰어드는 어린이를 가리켜 '고라니'라거나 '걸어 다니는 합의금' 같은 비하 표현을 쓰는가 하면, "숨어 있다가 주행 중인 차량 앞으로 갑자기 뛰어나가 운전자를 놀라게 하는" 놀이가 아이들 사이에서 유행 조짐을 보인다면서(《뉴스1》 2021년 5월 24일 자) '민식이법 놀이'라는 말까지 만들어 냈다. 근거라고는 주차된 차들 사이에서 갑자기 튀어나오는 아이가 찍힌 블랙박스 영상과 '아이들이 민식이법 놀이를 하는 것 같다'는 어른들의 추측뿐이었지만, 주요 언론이 앞다투어 '민식이법 놀이'라는 말을 사용하자 마치 그것이 실재하는 현상인 양 오도되었다.

급기야 어린이보호구역을 운전하며 어린이들을 피하는 앱게임(《스쿨존을 뚫어라: 민식이법은 무서워》)이 출시되어 이용자들로부터 높은 평점을 받았다. 또한 행정안전부와 국토교통부의 공식 SNS 계정에 '어린이들이 스쿨존에서 운전자를 위협한다'는 내용의 게시물이 올라오고, 정세균 전(前) 국무총리는 '민식이법 놀이' 운운하며 어린이보다 운전자의 안전을 더 우려하는 발언을 해서 물의를 빚기도 했다.

갑자기 정신이 아득해지는 듯하다. 솔직히 말하면 민식이법 놀이에 관한 사례들을 나열하는 것만으로도 속이 뒤틀리는 기분이다. 우리는 대체 어떤 사회에 살고 있는 걸까?

모든 길이 어린이에게 안전하도록

'민식이법 놀이'에 대해 써야겠다고 생각했지만 좀처럼 쓸 수가 없었다. 평소처럼 시간과 체력이 부족하다거나, 번아웃이 왔다거나, 마감 공포증이 도졌다거나 하는 이유 때문만은 아니었다. 우리 사회가 어린이를 비롯한 약자들을 향해 거침없이 쏟아 내는 거대한 혐오 앞에서 나는 커다란 무력감을 느꼈고, 지금도 느끼고 있다.

'맘충'이나 '노키즈존' 같은 단어들을 다룰 때도 어떤 종류의 분노와 회의를 느끼긴 했지만, 지금은 경우가 아예 다르다. 여기에는 구체적인 한 사람의 이름이, 돌이킬 수 없는 죽음이 있다. 그런데도 많은 어른은 사고를 슬퍼하고 비극이 다시는 반복되지 않도록 막을 생각을 하기보단, 일어나지도 않고 실체도 없는 상상의 위협에 몰두하며 마치 자기가 잠재적인 피해자인 듯 굴고 있는 게 아닌가? 우리는 살면서 억울한 일을 당할 수 있다. 그건 무척 억울한 일일 것이다. 하지만 억울한 일을 당할 수도 있다는 상상만으로, 지레 억울함을 느끼며 분통을 터뜨리는 건 좀 기이한 일이다.

무엇보다 모든 운전자는 자신이 도로 위의 약자가 아니라 강자라는 사실을 끊임없이 인식해야 한다. 자동차와 보행자가 충돌하면 운전자는 다치지 않지만, 보행자는 목숨을 잃을 수 있다는 단순하고도 분명한 사실을 말이다. 민식이법이 시행되면 아무리 조심해도 잠깐의 실수 혹은 무작정 차로 달려드는 아이 때문에 인생을 망칠 수도 있다고? 그렇다면 더더욱 보행자가 '알아서' 피하기를 기대하지 말고, 운전자가 적극적으로 위험을 피하는 안전운전, 방어운전을 해야 하는 게 아닌가? 혹시 이 책을 읽는 청소년 독자들이 있다면, 여러분도 언젠가 운전을 하게 될 때 이런 생각을 가져 주길 부탁한다.

내가 이 글을 쓰지 못하고 있는 동안 《시사IN》에서 '스쿨존 너머'라는 특별 기획을 내보냈다. 보행 사고로 어린이가 죽거나 다친 장소들을 3개월간 찾아다니며 취재한 결과물이다. 때마침 그 기사들을 읽지 못했다면 나는 이 글을 끝내 쓰지 못했을 것이다.

기사는 위험한 장소가 따로 있지 않다고, 모든 길에서 주인은 사람이 아닌 자동차라고, 사람들 가운데서도 어린이를 포함한 보행 약자들은 가장 허약한 지위에 있으며 모든 길에서 목숨과 안전을 위협받는다고 전한다. 따라서 어른들은 모든 길에서 어린이들의 안전을 점검하고 개선해야 한다고, 그것이 초저출산사회 대한민국에서 힘겹게 태어난 아이들이 허망하게 세상을 떠나는 비극을 막는 하나의 방법이라고 당부한다.

공들여 쓴 기사에 숟가락을 얹는 기분이지만, 나는 기사를 쓴 변진경·이명익·김동인 기자와 최한솔 PD보다 더 적확한 말을 덧붙이지 못하겠다. 이 글을 읽는 당신이 지금 당장 스마트폰을 들고 바로 다음의 QR코드를 찍어 《시사IN》의 기사를 보기를 바랄 뿐이다.

기사의 마지막 문장은 이렇다. "어린이에게는 스쿨존 안과 밖, 모든 길에서 안전하게 살아남을 권리가 있다."

《시사IN》 '스쿨존 너머'

한남

내가 견딜 수 없는 건 '사람들'이야!

야호! 드디어 이 책도 마지막이다. 여기까지 읽어 준 독자분들과 이 책이 세상에 나오도록 도와준 많은 분들에게 심심한 감사를 전한다. 많은 사랑을 보내 주지 않으신 분들에게도 역시….

이 책을 쓰며 적지 않은 단어들을 다뤘다. 피식 웃음이 나오는 단어도 있었고, 슬픈 단어도 있었다. 화가 나는 단어도 많았다. 특히 맘충, 휴거, 노키즈존, 민식이법 놀이 같은 단어가 그랬다. 물론 모든 사람이 나처럼 생각하진 않으리라는 건 안다. 애당초 이 단어들이 만들어지고 널리 유행했다는 사실에서부터 그렇다. 지금도 어딘가에서 누군가는 낄낄거리며 저런 말들을 쓰고 있겠지? 이런 생각을 하면 나도 모르게 미간이 찌푸려지는 것으로 모자라, 한국인의 미래 따위를 절로 걱정하게 된다. 나이는 어쩔 수 없는 모양이다.

요즘 내가 고민하는 건 두 가지다. 하나, 어떻게 인간을 계속해서 사랑할 수 있을까? 둘, 인간을 사랑하지 않으면서도 어떻게 계속해서 살아갈 수 있을까? 두 가지 고민은 전혀 다른 방향의 행동을 요구하지만, 그 뿌리는 같다. 한마디로, 점점 더 인간이 싫어진다는 말이다.

문득 〈피너츠〉(1950~2000)의 한 장면이 떠오른다. "네가 의사가 될 거라고? 하! 정말 웃기는구나!" 루시가 라이너스에게 말한다. "넌 절대 의사가 될 수 없어, 왜 그런지 알아? 너는 인류를 사랑하지 않으니까!" 그러자 라이너스가 항변한다. "나는 인류(mankind)를 사랑해…. 내가 견딜 수 없는 건 사람들(people)이라고!!"

한남과 식민지 남성성

꿀벌 이야기에서 꿀이 빠질 수 없는 것처럼 한국의 신조어를 얘기하는 데 '한남'이 빠질 수는 없는 노릇이다. 다음 세기의 역사학자나 사회학자가 '2020년을 전후로 한 10년'을 정리한다면, 한남은 가장 중요한 키워드 가운데 하나가 될 테다. 물론 빈부격차, 인구절벽, 기후 위기, 자원 고갈 등등 우리가 스스로 불러온 수많은 재앙에도 불구하고 그때까지 한국이라는 나라가 존재한다면 말이지만. 인구 감소에 따른 대학 구조조정과 영원히 끝나지 않는 기초학문의 위기 속에서 사학과나 사회학과가 근근이라도 존속해야 하고….

'식민지 남성성'이라는 개념이 있다. 일제강점기에 식민본국의 '진짜 남자'들과 비교되어 '가짜 남자' 혹은 '거세된 남자'로 취급받으며 약자나 피해자가 된 우리나라 남성이, 자국의 여성을 억압하며 남성성을 보상받으려고 드는 의식을 뜻하는 말이다. 이런 마음의 움직임은 해방 이후에도 이어져 한국의 남성들은 미국과 같은 강대국 남성들과의 관계 속에서 상처받은 약자로 스스로 위치를 정하며, 자신들은 민족의 자주독립과 해방을 위해 몸 바쳐 희생하고 있으니 여성들이 생계와 가사와 육아를 전담하는 게 당연하다고 여기는 '기적의 논리'를 만든다.

이렇게 생각하면 할리우드 영화에 등장하는 가부장의 모습과 우리 주변에서 흔히 보이는 가부장의 행동 양식이 왜 그리 다른지 이해된다. 우리 주변의 가부장들이 묵묵히 고통을 견디며 헌신하기보단 작은 일에도 부르르 떨며 버럭 화를 내거나, 반대로 기가 죽어 버리는 이유가….

"서구에서 남성성이 소위 '위기'를 만날 때 극복 방안은 주로 책임·헌신·대의·희생을 강조하며 더 강한 남성을 대표로 내세우는 식이었어요. 반면 한국에서 '남성 위기'를 극복하는 방식은 한없이 불쌍해하고 위로하는 방식이었죠."[6]

『한국 남성을 분석한다』(2017, 교양인)의 공동저자인 권김현영의 말이다. 내 생각은 이렇다. 이러한 설명에 동의하든 동의하지 않든, 한국의 남성성에는 분명 뒤틀리고 해로운 부분이 있다.

일제강점기에 발표된 소설에서부터 최근의 영화나 드라마에서까지 어렵지 않게 볼 수 있는 남성 캐릭터를 생각해 보라. '경제적으로 무능력한 자기 처지를 비관하며 아내와 주변 사람들을 괴롭히고, 다시 그런 자신의 모습에 자괴감을 느끼며 자기 연민에 빠지는 남자' 캐릭터를 말이다. 맘충, 휴거, 노키즈존, 민식이법 놀이 같은 신조어를 누가 만들고 사용하는지 한번 따져 봐도 좋겠다. '한남'이라는 단어는 바로 그런 지점을 드러낸다고 할 수 있지 않을까? 여태껏 많은 비(非)남성이 알고는 있지만 소리 내 말하지 않던 그것을.

따라서 지금 한국 사회는 어떤 분기점에 서 있는지도 모른다. '한남'이라는 단어를 통해서 가시화된 '한국 남성성'의 유해한 부분들을 사회적으로 인식하고 새로운 시대에 맞춰 조정해 나갈 것이냐, 혹은 무시하고 다른 목소리들을 억압하며 하던 대로 할 것이냐. 어떤 방향으로 나아가건 '한남'이란 단어는 더 이상 쓰이지 않을 것이다. 가리킬 대상이 사라지거나, 감히 소리 내 말할 수 없어질 테니까.

청년과 이대남

내가 늘 궁금한 지점은 '한남'이라는 말에 뭘 또 그렇게까지 발끈하냐는 것이다. 아마 '한남'을 처음 쓰기 시작한 사람들도 즉각적이며 다채로운 반응에 적잖이 놀랐을 테다. 단지 '한국 남자'라는 네 글자를 두 글자로 줄였을 뿐이지 않은가? 어떤 이들은 전라도를 '라도'라 줄이거나 서구에서 일본인을 '잽(Jap)'이라 줄여 부르는 것이 지역 차별이고 인종차별이란 사실을 들며, '한남' 또한 마찬가지라고 말한다. 과연 그런가?

'라도'라는 말이 지역 차별인 까닭은 호남 차별의 유구한 역사가 존재하기 때문이다. '잽'이란 말이 인종차별인 이유는 유색인종 차별의 유구한 역사가 있기 때문이다. 하지만 우리에게는 한국 남성 차별의 '역사'가 존재하지 않는다. 자신이 기득권이라는 사실을 인정 못 하고 피해자를 자처하(는 동시에 실제로는 제멋대로 행동하)는 것, 이것이 바로 식민지 남성성의 특징 되겠다.

『한국 남성을 분석한다』의 또 다른 공동저자인 정희진은 이 책에서 "여성은 개인으로 태어났으나 가부장제 사회가 여성을 성 역할이라는 규범과 노동을 강제함으로써 하나의 집단으로 동일하게 만들었"다고 말한다. "즉 남성은 개인으로 간주되지만 여성은 타자로서 집단으로 여겨진다. 남성의 잘못은 개인의 잘못이지만 여성의 잘못은 '여자 전체를 욕먹이는 일'이 되는 것도 이 때문이다."[7]라는 것이다.

'일부' 남성 운전자가 운전이 서툰 여성 운전자를 목격하면 '김 여사' 운운하며 여성 운전자 전체를 싸잡아 욕하는 것을 생각해 보라. 다시 말해 여자들이 '된장녀'니 '김치녀'니 언제나 싸잡아서 비난받아 왔던 것과 달리, 남자들은 단 한 번도 '남성'이라는 범주로 싸잡혀서 욕먹어 본 적이 없다. 그러니 여태껏 의심받은 적 없던 개인으로서의 주체성이 '한남'이라는 한 단어에 위협받는 듯이 느껴졌다고 하더라도 뭐, 이해는 된다. 정희진은 『한국 남성을 분석한다』에서 이렇게도 말한다. "남성은 보편적 주체로서 인류, 인간성, 국가를 대표한다. 남성성과 여성성의 비대칭성의 본질은, 남성성은 남성이 정하지만 (바람직한) 여성성의 내용은 여성이 아니라 남성 사회가 정하는 데서 시작한다. 차이, 배제와 포함, 포함되고자 하는 욕망, 배제의 권력…".[8]

앞서 인용한 〈피너츠〉의 대사에 나온 'mankind(인류)'라는 영단어를 보라. 이건 비단 영어의 문제가 아니다. 우리에게도 불과 얼마 전까지(어떤 곳에서는 여전히) 남자 작가나 남자 의사는 그냥 작가나 의사라 부르는 반면, 여자 작가나 여자 의사는 꼭 여류작가나 여의사라고 밝혀 주던 전통 아닌 전통이 있었다는 사실을 기억하자. 나 역시 한때는 그런 말들을 아무런 문제 의식 없이 사용하곤 했다.

정치권에서 말하는 소위 '청년' 담론에도 여성은 배제되어 있다. 마치 청년이 단일한 집단인 것처럼 가정함으로써 그 안에서 여성으로서 겪는 현실적 문제들은 가리게 된다. 이런 현실에서 각종 미디어가 남발하는 '이대남'(20대 남성)이라는 우스꽝스러운 줄임말은 문제적일 수밖에 없다.

'청년'이라는 말이 실질적으론 여성을 포함하지 않더라도 배제를 명시적으로 드러내진 않았던 반면, '이대남'이란 단어는 우리

사회에 '20대 여성'을 위한 자리가 존재하지 않음을 노골적으로 드러내는 배제의 언어이자 나아가 20대 여성들에게 보내는 위협으로까지 느껴진다. 여기에 '이대(이화여대)'라는 상징적 고유명을 전유하는 것은 덤이고.

자유와 의무 사이에서

솔직히 말하면 나는 인류(mankind)도 사랑하지 않는 듯하다. 그래도 의사가 될 일은 없으니 다행이라고 해야 할까? 한 명의 정신건강의학과 의사와 한 명의 사회심리학자가 나눈 가상의 대화로 이 글을 끝내겠다. (누군가 두 사람의 캐릭터를 살려 창작한 대화 내용이 온라인상에 밈으로 돌아다니는 듯하다.)

> '우리 아이들을 지켜 주세요'라는 주제로 진행된 TV 토론 프로그램에 출연한 오은영 박사와 이수정 교수가 서로 마주 보고 있다. 먼저 오 박사가 말한다.
> "사람은요, 사람에게 치유받아요."
> 그러자 이수정 교수가 답한다.
> "네… 그만큼 사람 때문에 죽죠."

내겐 이것이 '인간을 계속해서 사랑하며 살아갈 방법을 고민하는 사람'과 '인간을 사랑하지 않으면서도 계속해서 살아갈 방법을 고민하는 사람' 사이의 대화처럼 느껴진다. 우리는 둘 중 하나를 선택할 수도 있고, 전혀 다른 방식을 선택할 수도 있다. 선택은 자유다. 하지만 무엇을 고르건 간에 동료 시민들을 존중하며 더불어 살아가야 한다. 그건 시민의 의무다. 자유만 주장하고 의무를 수행할 의욕과 능력이 없는 사람을 가리키는 말이 아마 '한남' 아닌가 싶다.

들어가며

1. 로버트 레인 그린, 『모든 언어를 꽃피게 하라』, 김한영 옮김, 모멘토, 2013, 210쪽 참고. (원서 출판 2011)

제1장 | 자본주의 시대, 아픔을 주는

1. 혜민, 『멈추면, 비로소 보이는 것들』, 수오서재, 2012, 244쪽.
2. 위키백과 'https://ko.wikipedia.org/wiki/수저계급론'에서 검색(2022. 2. 22.).
3. 「금수저·흙수저는 현실, 한국은 신계급사회로 가고 있다」, 《경향신문》, 2015. 11. 18.
4. 장 지글러, 『왜 세계의 절반은 굶주리는가?』, 유영미 옮김, 갈라파고스, 2007, 171쪽. (원서 출판 1999)
5. 윤지원 기자, 「'IMF멍' 달랜 "부자 되세요~" 이후 '~세요' 광고로 15년 롱런」, 《CNB저널》, 제554·555·556호, 2017. 10. 15.
6. 경향신문, 국민일보, 내일신문, 동아일보, 매일일보, 문화일보, 서울신문, 세계일보, 아시아투데이, 조선일보, 중앙일보, 천지일보, 한겨레, 한국일보.
7. 2009년 2건, 2010년 1건, 2011년 5건, 2012년 8건, 2013년 28건, 2014년 141건, 2015년 507건, 2016년 659건, 2017년 722건, 2018년 776건, 2019년 752건, 2020년 983건, 2021년 727건. 2020년에는 코로나19에

따른 고용 충격으로 인해 특히 취준생 관련 기사가 폭증했다.

8. 제니퍼 M. 실바, 『커밍 업 쇼트: 불확실한 시대 성인이 되지 못하는 청년들 이야기』, 문현아·박준규 옮김, 리시올, 2020, 16쪽. (원서 출판 2013)

9. 위의 책, 284쪽.

10. 한은화 기자, 「멍청·쓸쓸·시발비용을 아시나요」, 《중앙선데이》, 2017. 7. 2.

11. 위의 기사.

12. 멀리사 모어, 『HOLY SHIT: 욕설, 악담, 상소리가 만들어 낸 세계』, 서정아 옮김, 글항아리, 2018, 25~26쪽. (원서 출판 2013)

13. 금정연, 『아무튼, 택시』, 코난북스, 2018, 80쪽.

14. 위의 책, 85쪽.

제2장 | 새로운 시대, 새로운 기준이 되는

1. Deborah Treisman, 「Miranda July on the Wild Contradictions of Marriage」, 《The New Yorker》, 2017. 9. 4.

2. 레나타 살레츨, 『선택이라는 이데올로기』, 박광호 옮김, 후마니타스, 2014, 23쪽. (원서 출판 2011)

3. 사이먼 레이놀즈, 『레트로 마니아』, 최성민 옮김, 작업실유령, 2017, 31쪽. (원서 출판 2011)

4. 위의 책, 15쪽.

5. 위의 책, 23쪽.

6. 위의 책, 400~401쪽.

7. 숀케 아렌스, 『제텔카스텐: 글 쓰는 인간을 위한 두 번째 뇌』, 김수진 옮김, 인간희극, 2021, 85쪽. (원서 출판 2017)

8. 다음 날 MBC는 공식 보도자료를 통해 해당 국가 국민과 시청자들에

게 사과했다. 한 달 뒤, 해당 방송 사고의 책임으로 MBC 보도본부장이 자진 사퇴했으며, 스포츠국장은 경질되었고, MBC플러스 사장과 스포츠본부장에게는 경고 조치가 내려졌다.

9. 19세기 미국의 건설 노동자였던 존 헨리는 증기 굴착기와 암석 뚫기 대결을 벌인 전설적인 인물이다. 존 헨리는 인간을 대표해 기계와 시합을 벌여 승리했지만, 시합이 끝난 뒤 바로 숨을 거둔 것으로 전해진다.

10. 스터즈 터클, 『일: 누구나 하고 싶어 하지만 모두들 하기 싫어하고 아무나 하지 못하는』, 노승영 옮김, 이매진, 2007, 14쪽. (원서 출판 1974)

제3장 | 만날 사람은 없지만, 혼자이고 싶지도 않은

1. 콜린 윌슨, 『아웃사이더』, 이성규 옮김, 범우사, 1974, 445~446쪽. (원서 출판 1956)

2. 회문은 '앞에서부터 읽으나 뒤에서부터 읽으나 같은 말이 되는 어구'를 뜻한다.

3. 빌 헤이스, 『인섬니악 시티』, 이민아 옮김, 알마, 2017, 7쪽. (원서 출판 2017).

4. Sybil Perez, 『Roberto Bolaño: The Last Interview: And Other Conversations』, Melville House Publishing, 2009.

5. 지아 톨렌티노, 『트릭 미러』, 노지양 옮김, 생각의힘, 2021, 63쪽. (원서 출판 2020)

6. 리 매킨타이어, 『포스트트루스』, 김재경 옮김, 두리반, 2019, 20쪽. (원서 출판 2018)

7. 현재는 네이버 지식iN에서 해당 질문과 답변을 찾을 수 없으며, 당시 질문과 답변을 캡처한 이미지만이 밈(meme)으로 남아 웹을 떠돌고

있다.

8. 카를 마르크스, 『루이 보나파르트의 브뤼메르 18일』, 최형익 옮김, 비르투, 2012, 10쪽. (원서 출판 1852)
9. 리 매킨타이어, 『포스트트루스』, 26쪽.
10. '우리가 실은 통 속에 담긴 뇌일 뿐이며 우리가 경험하는 것들은 모두 가짜'라고 가정하는 사고실험. 한 누리꾼이 이를 비틀어서 "만약 우리가 통 속의 뇌가 아니라면?"이라는 밈을 탄생시켰다.

제4장 | 우리가 만든, 우리를 만든

1. https://www.youtube.com/watch?v=ipe9WxUfh7w
2. 위의 사이트.
3. 이 내용은 『82년생 김지영』의 출판사 보도자료를 참고한 것이다.
4. P. D. 제임스, 『사람의 아이들』, 이주혜 옮김, 아작, 2019, 11쪽. (원서 출판 1992)
5. 수전 손택, 『타인의 고통』, 이재원 옮김, 이후, 2004, 167쪽. (원서 출판 2003)
6. 이유진 기자, 「한국 남자는 왜?」, 《한겨레》, 2017. 6. 2.
7. 권김현영·루인·엄기호·정희진·준우·한채윤, 『한국 남성을 분석한다』, 교양인, 2017, 41쪽.
8. 위의 책, 41쪽.

북트리거 일반 도서

북트리거 청소년 도서

그래서... 이런 말이 생겼습니다

만들어지고, 유행하고, 사라질 말들의 이야기

1판 1쇄 발행일 2022년 4월 15일
1판 3쇄 발행일 2022년 11월 15일

지은이 금정연
펴낸이 권준구 | **펴낸곳** (주)지학사
본부장 황홍규 | **편집장** 윤소현 | **편집** 김지영 양선화 서동조 김승주
책임편집 윤소현 | **디자인** 정은경디자인
마케팅 송성만 손정빈 윤술옥 이혜인 | **제작** 김현정 이진형 강석준
등록 2017년 2월 9일(제2017-000034호) | **주소** 서울시 마포구 신촌로6길 5
전화 02.330.5265 | **팩스** 02.3141.4488 | **이메일** booktrigger@jihak.co.kr
홈페이지 www.jihak.co.kr | **포스트** http://post.naver.com/booktrigger
페이스북 www.facebook.com/booktrigger | **인스타그램** @booktrigger

ISBN 979-11-89799-69-4 (03810)

북트리거

트리거(trigger)는 '방아쇠, 계기, 유인, 자극'을 뜻합니다.
북트리거는 나와 사물, 이웃과 세상을 바라보는 시선에 신선한 자극을 주는 책을 펴냅니다.